내일을
향해 쏴라

김덕영 장편 소설

FUSION FANTASTIC STORY

내일을 향해 쏴라 4

김형석 장편 소설

초판 1쇄 찍은 날 § 2014년 9월 24일
초판 1쇄 펴낸 날 § 2014년 9월 30일

지은이 § 김형석
펴낸이 § 서경석

편집부장 § 권태완
편집책임 § 박가연

펴낸곳 § 도서출판 청어람
등록번호 § 제387-1999-000006호
등록일자 § 1999. 5. 31
어람번호 § 제1-1948호

주소 § 경기도 부천시 원미구 부일로 483번길 40 서경B/D 3F (우) 420-822
전화 § 032-656-4452 팩스 § 032-656-4453
http://www.chungeoram.com
E-mail § chungeorambook@daum.net

ⓒ 김형석, 2014

ISBN 979-11-316-9216-5 04810
ISBN 979-11-316-9142-7 (세트)

내일을 향해 쏴라

4

김형석 장편 소설

FUSION FANTASTIC STORY

내일을 향해 쏴라

CONTENTS

Chapter 1

1

"네, 형. 어쩔 수 없죠. 미안하긴요. 저야말로 제 발로 나와 놓고 다시 들어간다고 한다는 게 미안하죠. 네, 들어가세요."

전화를 끊은 수는 땅이 꺼져라 한숨을 내쉬었다.

수는 막막했다.

당장 동생 준이 빌린 사채 빚을 갚기 위해 일자리가 시급했다.

손을 내민 곳은 주말 아르바이트를 했던 배터리 공장이었는데, 아쉽게도 공석이 없어서 그마저도 어려워지고 말았다.

답답한 마음에 부엌으로 나와서 냉수 한 잔을 따라 벌컥벌

컥 들이켰다.

"후."

숨을 돌리며 돌아본 집 안은 썰렁했다.

아직 여름인데도 체온이 느껴지지 않는 텅 빈 집 안은 휘휘했다.

"어쩌지…… 이대로 부모님한테만 부담을 지워 드릴 순 없는데."

수심이 깊어질수록 슈퍼스타Z에 대한 아쉬움도 커졌다.

"아냐, 미련 두지 말자."

수는 애써 자신을 독려하며 마음을 다잡았다.

그렇다고 해도 마음이 썩 편할 수는 없었다.

특히 금요일 저녁이면 생방송으로 진행되는 슈퍼스타Z를 보며 그러한 아쉬움은 더욱 커져갔다.

텅 빈 거실에 앉은 수는 TV를 켰다.

그가 나오고 일주일이 지난 첫 생방송 무대가 지금 방영되고 있었다.

"소연 씨는 정말 몰라보게 발전하네."

경연이 거듭될수록 소연의 가창력은 진일보했다.

그전에 없던 감성을 찾아가며 단순히 발성에만 특화되었던 음색에 영혼이 실리기 시작한 것이다.

대중들은 그런 안소연의 노래에 열광했다.

진짜는 통한다는 말처럼 소연의 노래에 감동을 받고 마음의 문을 연 것이다.

반대로 박정수의 무대는 실망스러웠다.

아니, 실망스러웠단 건 어디까지나 수의 기준이다.

일반인의 기준에서 보자면 박정수는 오늘도 큰 무리 없이 곡을 소화해 냈다.

여전히 안정적이었으며, 듣기 좋았다. 군더더기도 없고, 외모는 참 잘생겼다.

"껍질을 깨지 못하는 한, 넌 평생 거기 있을 거야. 내 손목을 걸 수 있어."

박정수는 이전처럼 폭발적인 반응을 보지 못했다.

심사위원 평가도 심심했으며, 의외로 대국민 문자 투표에서도 안소연에게 밀리는 경향을 보였다.

그 이면엔 보이지 않는 수의 영향력이 크게 자리 잡고 있었다.

아무래도 떠나간 자의 빈자리는 크게 마련이다.

하물며 수가 남긴 무대의 족적은 감히 현역 가수들조차 넘보지 못할 만큼 훌륭했으며, 감동적이었다.

그랬던 수의 그림자가 다른 참가자들의 무대에 대중을 만족스럽지 못하게 만들었다.

또 있다.

수가 생방송 무대에서 뱉은 발언은 많은 파장을 불러일으켰다.

결국 슈퍼스타Z 제작진은 공정성과 투명함을 증명해 보이겠다며, 실시간으로 문자투표 결과를 집계하여 대중들이 알 수 있게끔 다시 보였다.

더 이상 제작진의 개입은 불가능해진 것이다.

일이 그리되자 혜택을 본 건 다른 참가자들이다.

특히 안소연은 일취월장한 가창력을 선보이며 유일하게 대중의 기대에 부응하는 무대를 선보였다.

대국민 문자투표에서도 독보적인 일등을 달리며, 슈퍼스타Z 역사상 최초로 여성 참가자 우승이라는 가능성을 엿보였다.

"아서라. 어차피 남 일인데."

수는 거기까지만 보고 전원을 껐다.

기지개를 켜며 방으로 들어가 책상 앞에 앉았다. 컴퓨터 전원을 켜고 인터넷 바둑 사이트인 화이트잼에 접속했다.

"머리 식힐 땐 한판 두는 게 최고지."

근래 들어서 부쩍 근심이 늘은 수는 틈틈이 인터넷 바둑을 즐겼다.

복잡한 사고를 잠시나마 대국으로 돌리고 나면 어딘지 머리가 상쾌해지는 기분이 들어서다.

수는 자동대국신청 버튼을 눌렀다.

잠시 후, 매칭 시스템이 자연스럽게 다른 대국자를 초대할 때였다.

"어? 이건 또 뭐래?

띠링!

익숙한 효과음과 함께 뜬 문구를 수가 쭉 읽어 내려갔다.

〈아마 8단 거기누구 님의 대국 신청을 승낙하시겠습니까?〉

"8단? 미친 거 아냐?"

수는 어이가 없다는 듯 볼을 실룩거렸다.

현재 7승 0패라곤 하지만 어디까지나 수의 화이트잼 공식 기력은 아마 4단이다.

그런데 아마 8단이 대국을 신청하다니.

접바둑이면 모를까, 저번에도 그렇고 이건 자기보다 못 두는 하수를 괴롭히는 경향이 짙어 보였다.

"됐거든. 얍삽하게 지보다 하수나 괴롭히려고 하고. 쯧쯧! 그렇게 살고 싶나?"

혀를 끌끌 차며 거절 버튼을 눌렀다.

생각 여하에 따라선 고수에게 한 수 배워볼 수도 있는 기회로 여길 수도 있지만 단순히 머리를 식히기 위해 바둑을 두는 수에겐 해당이 되지 않았다.

"다른 대국 상대 없나?"

수가 다시 자동대국신청 버튼을 누르려던 때였다.

띠리링!

〈아마 B단 거기누구 님의 대국 신청을 승낙하시겠습니까?〉

"또? 안 둔다고."

수는 생각할 여지도 없이 거절 버튼을 눌렀다.

괜히 고수랑 대국을 뒀다가 대패를 하고 기분이 상하고 싶진 않았다.

어디까지나 비슷한 기력의 상대와 자웅을 겨루는 게 즐거운 일이니까.

그런 마음가짐으로 다른 상대를 찾으려던 때였다.

띠리링!

〈아마 B단 거기누구 님의 대국 신청을 승낙하시겠습니까?〉

"허! 뭐 이리 집요해? 오냐, 왜 자꾸 귀찮게 구는지나 알자."

수는 승낙 버튼을 눌렀다.

모니터 화면이 바둑판으로 바뀌며 두 사람만의 방이 생성
됐다.

　　우측에 뜬 거기누구의 전적을 확인한 수는 깜짝 놀라고 말
았다.

　　"32승 1패? 뭐야, 완전 고수잖아."

　　압도적인 승률이다. 비슷한 기력의 상대와 둔다는 가정하
에 이런 승률을 보인다는 것만으로도 그의 기력이 매우 강하
단 걸 알 수가 있다.

　　"아니, 이런 고수가 왜 나한테 집착하지?"

　　어째서 집요하게 대국 신청을 한 것인지 이해가 가지 않은
수가 궁금함을 참지 못하고 물었다.

흰여울 : 저 아세요? 기력 차이가 심한데, 왜 대국을 거신 거죠?

　　수가 원한 대답 대신에 다른 질문이 오히려 돌아왔다.

거기누구 : 춤추는 나무 아시죠?

　　"춤추는 나무? 아아. 그때 뒀던 7단 말하는 건가?"

　　수는 엊그제 뒀던 대국을 상기해 내곤 얼른 채팅을 쳤다.

흰여울 : 한 판 둔 기억이 있네요.

거기누구 : 걔 친구예요.

흰여울 : 아, 그래요?

거기누구 : 저랑 한 판 두죠.

"뭐 이런 애가 다 있지?"

밑도 끝도 없이 친구라고 밝히더니, 이제는 한 판 두자고 한다.

띠리링!

대국 신청 창이 떴다.

유형 : 호선

덤 : 다섯 집 반

내기 : 포인트 없음

"또 이런 식이야?"

기력 차이로 보면 최소 두 점 이상을 깐 접바둑을 두어야 옳다.

그런데 저번 춤추는 나무와 둔 대국에서도 그렇지만, 이번 에도 거기누구는 동등한 입장에서 두는 호선을 원하고 있었 다.

"내 팔자야. 머리 식히려고 와서 이게 뭔 낭패래. 에라이! 까짓것, 둬주마, 둬줘."

수가 마지못해 yes버튼을 클릭하자 이윽고 바둑판에 돌을 놓을 수 있게 바뀌었다. 돌 가르기의 결과로 수가 흑돌을 잡게 되었다.

탁!

먼저 우측 하단의 소목을 수가 차지했다.

큰 밑그림을 그리기 전 단계인지라 이런 식으로 귀를 차지하는 게 바둑의 기본 순리다.

탁!

백돌이 놓인다.

포석 단계인지라 서로 별다른 마찰이 없다.

정석을 통해서 내어줄 건 내어주고, 양보할 건 양보하면서 틀을 구축하는 일반적인 포석 단계의 밑그림이 거의 그려질 때였다.

탁!

잔잔한 개울에 돌을 던진 건 백돌이다.

유일한 흑의 약점인 돌을 끊어가며 본격적인 싸움을 건 것이다.

"거길 끊어? 꽤나 전투에 자신있다 이건데."

지금까지 숨죽이고 있었지만 지금 한 수로 백의 기풍이 짐작이 갔다.

호전적인 싸움 바둑.

과거 유창혁 9단이 물러섬이 없는 전투 바둑을 두었으며, 현대 바둑에선 이세돌 9단이 그 계보를 이어서 맹렬한 수 싸움을 통한 전투 바둑으로 전 세계의 기전을 제패했다.

그만큼 현대 바둑은 방패보단 창이 더 우선시되고 있었다.

수는 차분하게 생각에 잠겼다.

바둑에 이런 격언이 있다.

위기십결(圍棋十訣).

8세기 중엽 당나라 현종 시절 왕과 대적하여 바둑을 두는 벼슬인 기대조를 지냈던 왕적신이 바둑을 두는 데 필요한 열 가지 비결을 적은 것이다.

수는 그간 까맣게 잊고 있던 위기십결 격언 중 세 번째가 떠올랐다.

동수상응(動須相應).

마땅히 서로 호응하여 움직여라.

상대의 의중과 수를 파악하면서 행동의 방향을 결정하란 말이다.

각 수가 알게 모르게 서로에게 영향을 주는 만큼 잘 관찰하여 두라는 격언이다.

수가 이 격언을 떠올린 이유는 그 때문이다.

'이 싸움으로 백이 원하는 건 뭘까? 그로써 취하는 이득은?'

바둑은 당장 앞의 몇 수를 본다고 해서 이길 수 있지 않다.

우주를 담고 있다고 표현되는 이 바둑판 위에선 더 큰 그림을 볼 줄 알아야 한다.

그래야만 상대의 의중대로 형세가 흘러가지 않으며, 주도권을 쥘 수가 있다.

탁!

아직 모르겠다.

안타깝지만 최선의 한 수로 기세에서 물러서지 않으며 응수했다.

공방이 지속됐다.

한 치의 물러섬도 없이 흑돌과 백돌이 번갈아가며 놓인다.

"아, 그거였어!"

뒤늦게 수는 백의 의중을 파악했다.

"내 세력을 지우면서, 선수(先手)를 잡아서 상변을 차지하려는 속셈이야."

바둑에서 선수는 몹시 중요하다.

왜냐하면 바둑의 룰 자체가 흑과 백이 번갈아가면서 한 수씩 착석을 하기 때문이다.

즉, 두 번을 둘 수 없기 때문에 상대보다 앞서서 먼저 좋은 곳을 선점하는 게 바둑의 핵심이다.

"몰랐다면 눈 멀뚱히 뜨고 당했겠지만, 다 눈치챈 마당에 그냥 당해주기는 곤란하지."

수는 적은 손해를 감수하기로 마음먹었다.

사소취대(捨小就大).

작은 것을 버리고 큰 것을 취하라.

위기십결에 나오는 이 격언은 흔히 소탐대실과 같은 뜻으로 오인받는 경우가 많다.

하나 분명히 이 두 사자상어는 다른 뜻이다.

사소취대가 추구하는 것은 큰 방향을 도모하고, 진취적으로 나아가란 의미를 담고 있다.

탁!

수는 응수를 포기하고 먼저 흑이 노리고 있던 상변에 돌을 두었다.

흑의 세력을 일거에 지우는 것과 동시에 자리를 잡지 못했던 백돌이 안정을 찾았다.

"······."

발 빠른 응수타진에 백의 장고가 이어졌다. 한 수 차이로 선점을 한 흑돌로 인해 바둑의 형세가 급격히 기울어진 까닭이다.

"손해를 만회하려면, 분명히 어디선가 무리를 하려고 들텐데……."

탁!

수의 예상은 적중했다.

집의 수로 승패를 논하는 바둑의 룰에 밀리기 시작한 백이 초조한 마음에 무리수를 두며 승부를 걸어온 것이다.

"아쉽지만 뻔히 보이는 수작이야."

수는 의기양양하게 웃으며 여유롭게 응수를 해주었다. 형세에 영향을 미치지 않는 선에서 무리하지 않고, 양보를 하며 적절하게 타협을 봤다.

그러한 안정 지향적인 수의 대응에 백은 마땅한 수를 찾지 못하고 장고만 거듭했다.

띠리링!

(백이 기권하였습니다. 흑이 불계승하였습니다.)

"뭐야. 싱겁게 끝났잖아?"

기대와 달리 오히려 밋밋하게 끝나 버린 대국에 수가 살짝 아쉬워하며 채팅을 쳤다.

    흰여울 : 잘 두었습니다.
    거기누구 : 프로예요?

"프로? 야, 내가 프로면 진짜 프로들은 바둑의 신이게?"
기도 안 차는 질문에 수가 피식 웃었다.
어처구니가 없기도 했지만 아마 8단이나 되는 강자에게 프로로 오인을 받을 만큼 훌륭한 바둑을 두었단 사실이 새삼 자랑스러웠다.

    흰여울 : 프로 아니에요.
    거기누구 : 거짓말. 뻥치지 마요.

"이거 말투를 보니 어린애구만."
수는 길게 대화를 나눠 봐야 좋은 게 없단 생각이 들었다.
바둑의 기력을 떠나서 워낙 온라인상에서 어린애들의 갖은 기행과 만행이 심한 만큼 오래 대화를 지속하고 싶지 않았다.

    흰여울 : 잘 뒀습니다. 수고하세요.

거기누구 : 잠깐만요. 진짜 프로 아니세요? 아니면 연구생?

수는 대꾸할 가치조차 느끼지 못하고 그냥 대국실을 나와 버렸다.

"뭔 지 이겼다고 프로야? 이래서 애들은 참."

띠리링!

다시 울리는 익숙한 효과음.

(아마 8단 거기누구 님의 대국 신청을 승낙하시겠습니까?)

집요하게 집착하듯이 대국을 신청하는 거기누구를 보며 수가 한숨을 내쉬었다.

"됐거든?"

수는 계속 귀찮게 굴 것 같단 생각에 화이트잼 프로그램을 종료해 버렸다.

머리도 식힐 만큼 식혔고, 더 바둑을 둘 이유를 찾지 못한 까닭이다.

"어? 이건 뭐지?"

프로그램을 종료하자 하나의 창이 떴다.

일종의 광고 창이었는데, 그 문구가 유독 수의 시선을 끌었다.

"2014 진성화재배 월드바둑마스터스 아마추어 선발전?"

동공이 확장된 수의 눈이 동그래졌다.

진성화재배는 대한민국 최고 기업인 진성과 한국일보, 방송사가 공동으로 주최하는 국제기전이다.

과거에는 프로기사와 연구생만이 참여가 가능했으나, 세계최초로 아마추어도 참여할 수 있는 오픈 국제기전으로 바뀌었다고 한다.

"나 같은 아마추어도 온라인 예선을 통해서 올라가면 토너먼트에 참가할 수 있단 거야? 대박, 세상 참 좋아졌네. 별게 다 생기고."

이전까지만 해도 세계적인 기전은 프로 바둑기사의 전유물로 여겨졌다.

그런데 이런 식으로 아마추어의 참여를 독려하며 바둑을 홍보하는 세상으로 바뀐 것이다.

더 나아가서 이런 방식은 온라인 예선을 치르는 바둑 사이트의 대외적인 홍보 효과도 있다.

"나도 나가볼까? 또 알아, 운 좋게 올라갈지?"

수는 농담을 던지면서도 반사적으로 광고창을 껐다.

"객기 부리긴. 내 실력에 무슨 기전을 나가."

단순히 경험이라고 생각하면 좋은 기회가 될 수도 있을 것이다.

하지만 아쉽게도 그러기에는 수는 당장 눈앞에 닥친 현실을 타개할 방법을 찾는 게 우선이다.

수는 그렇게 씁쓸한 웃음을 뒤로하고 아르바이트라도 찾고자 알바천국에 접속했다.

"아, 슬프도다. 내게 허락된 천국이라곤 알바천국이 고작이니."

그리 한참을 뒤적거렸으나 수의 눈에 띌 만한 공고는 없었다.

찬물 더운물 가릴 처지는 아니었지만 학기가 아직 끝나지 않은 만큼 주말과 서녁 아르바이트가 아니면 아무래도 어려웠다.

알바천국 탐방을 얼마나 지속했을까?

역시나 좋은 자리는 보이지 않았다.

침침한 눈을 비비던 수는 기분 전환이라도 할 겸 인터넷 기사를 뒤적거렸다.

"어? 이수의 여자친구?"

눈길을 끄는 제목에 수가 마우스 커서를 옮겼다.

딸깍!

기사를 누르자마자 수의 동공이 확장됐다.

어디 내놓아도 손색이 없을 만큼 빼어난 미모의 여자.

한때는 불같이 사랑을 했던 그 여자 안아름의 사진이 대문

짝만 하게 떠 있었다.

수는 어안이 벙벙했다.

슈퍼스타Z를 통해 일약 스타덤으로 오른 수는 그렇다 치더라도, 설마 안아름까지 이런 식으로 언론의 주먹을 받을 거라곤 예상하지 못했다.

"인터뷰?"

기사의 전문은 모 연예잡지에서 따로 안아름과 나눈 인터뷰였다.

대체로 일상적이지만 지극히 사생활적인 질문들도 포함이 되어 있었다.

그리고 그중에서 유독 수의 시선을 끄는 질문 몇 개가 있었다.

Q. 미모가 대단하신데요? 온라인에서도 화제가 된다고…… 혹시 연예계에 진출할 생각은 없으신지?

A. 모르겠어요. 제 스스로 예쁘다고 생각해 본 적이 없어서. 이런 저한테도 기회라는 게 올까요? 살짝 기대해 보게 만드네요.

안아름은 둥글게 인터뷰 핵심 내용을 피해가고 있다.

부족한 미모를 들고 있지만, 연예계에 뜻이 없다곤 하지 않았다.

"이러려고 내게 접근한 거냐? 내게 고백을 한 이유도 이 때문이고?"

수는 누구보다 아름에 대해 잘 알고 있다.

매사에 끊고 맺음이 확실한 성격의 그녀다.

이런 식으로 모호하게 대꾸를 할 때엔 속내에 욕심이 자리 잡고 있기 때문이다.

"너란 여자…… 참 무서운 여자구나."

한 길 물속은 알아도, 여자의 속은 모른다고 했다.

다시 시작해 보자던 그녀의 고백의 진심마저도 의심이 들었다.

그만큼 아름의 이런 안배는 수를 놀라게 하기 충분했다.

Q. 이수 씨 많이 사랑하나요?

A. 네. 많이 사랑해요. 처음엔 그냥 사랑했는데, 슈퍼스타Z를 그만두고 나서 더 사랑하게 됐어요.

Q. 상당히 특이한 경우네요?

A. 그런가요? 최고의 무대를 보여주고, 소신을 다하고 무대를 내려왔어요. 그런 남자가 몇 명이나 있겠어요? 저 남자가 내 남자인 게 자랑스러워요. 앞으로도 쭉 그랬으면 좋겠어요.

"……"

수는 자신에 대한 감정을 담은 아름의 인터뷰 내용에 다시 말문이 막혔다.

이게 만약 거짓말이라면 아름은 참 무섭고 가증스러운 여자다.

그렇다고 전부를 거짓말로 치부할 수 있을까?

만약 진짜라면?

아름의 인터뷰 내용대로, 정말 수를 사랑해서 며칠 전 고백을 한 거라면?

수는 고개를 휙휙 저으며 그런 잡념을 떨쳤다.

"아서라, 걔가 뭐가 아쉽다고 이런 나한테 매달려? 지 앞길 막는 꼴이지. 우리 관계는 이거면 족해. 한참 전에 마침표를 찍은 사이라고."

거기까지.

가슴보다 이미 머리가 선을 긋고 있었다.

드르릉!

그때 마우스 옆에 올려놓았던 휴대전화의 진동이 요란하게 울려댔다.

수가 휴대전화를 들어 발신 번호를 확인했다.

모르는 번호다.

"누구지?"

받아야 할까 말까 살짝 망설여졌다.

슈퍼스타Z를 그만둔 이후로 어떻게 알았는지 한동안 기자들의 전화가 쏟아졌었다.

질리도록 거부하고 끊어댔던 통에 모르는 번호만 봐도 신경질이 났다.

"모르겠다, 나도."

평소라면 무시했겠지만, 오늘은 왠지 그냥 받고 싶었다.

"여보세요."

―이수 씨 휴대폰 맞나요?

낯선 목소리와 더불어서 이어지는 신원 확인.

아!

또 기자구나.

괜히 전화를 받았다고 후회하며 얼른 전화를 끊으려고 했다.

"죄송합니다만, 할 말 없습니다."

―잠깐만! 나 차문도야.

"차…… 문도?"

수는 어딘지 낯익은 이름 석 자를 떠올리고자 기억을 더듬어봤다.

흔한 이름이 아닌지라 금세 누군지를 상기해 냈다.

"그 강진이 아저씨 후배분이라는?"

―오, 용케 기억하네.

이전에 한 번 본 적이 있던 사이다.

김강진의 장례식장에서 유일하게 상주를 자처하고, 발인까지 손수 하셨던 분이다.

전직 매니저 출신으로 지금은 작은 기획사 하나를 운영 중이라고 들었다.

"아, 반가워요. 그간 잘 지내셨죠?"

─나야 늘 같지. 이수 군이야말로 마음고생이 심했겠던데, 괜찮고?

"뭐…… 지낼 만해요."

─허! 지낼 만해? 보통 사람이라면 억울해서 팔팔 뛸 일인데. 혹시 오늘이나 내일 시간 돼? 한번 봤으면 하는데.

"절요?"

수는 반문했다.

김강진의 사후 연락이 뚝 끊겼던 사이다.

아니, 얼굴 한 번 본 사이다 보니 친한 사이로 보기에도 무리였다.

솔직히 말하자면 만나고 싶지 않았다.

장례식 이후로 연락조차 오가지 않던 사이가 이제 와서 다시 만나는 것도 웃겼다.

'내 앞가림하기도 바쁜데.'

수에게 여유가 있다면 또 모르겠다.

하지만 당장에 닥친 빚을 갚기에도 급급한 수의 입장에선 굳이 시간을 빼서 만날 이유도 없었다.

"죄송한데 제가 시간이 좀……."

―꼭 만나서 해야 할 말이 있는데. 주고 싶은 것도 있고.

"주고 싶은 거요?"

수가 되묻자 잠시 뜸을 들이던 차문도가 나지막이 입을 열었다.

―강진이 형의 작곡 노트야.

"……!"

Chapter 2

1

홍대.

구글 지도를 통해 찾아간 차문도의 사무실은 홍대 카페 거리에 위치해 있었다.

그리 크지 않은 규모에서도 알 수 있듯이 기획사라고 보기엔 매우 영세했다.

"어, 왔나?"

문을 열고 들어가자 차문도가 반갑게 맞이해 주었다.

스윽!

수가 둘러보니 20평 남짓한 크기의 사무실엔 책상 몇 개와

직원 두 명이 상주해 있는 게 고작이었다.

혼히 우리가 아는 대한민국 3대 기획사의 으리으리한 사옥을 연상했다면 오산이다.

사업자 등록이 된 기획사의 90% 가까이가 이런 영세한 모습으로 사무실을 꾸리고 있다.

"안녕하세요."

"이쪽으로 앉아."

차문도는 따로 마련된 소파에 자리를 권했다.

수가 착석을 하자 여직원이 녹차를 내왔다.

그녀는 눈웃음을 치며 친근하게 말을 걸어왔다.

"슈퍼스타Z 때 무대 감동적이었어요. 팬이었는데, 그렇게 나가서서 얼마나 아쉬웠는데요."

"네? 아, 예. 감사합니다."

"전 실장도 이쪽으로 앉아."

세 사람은 다탁을 사이에 두고 마주 앉았다.

수는 녹차를 홀짝이며 회의실을 힐끗 살폈다.

차문도의 회사에서 프로모션한 것으로 짐작이 되는 연극, 뮤지컬, 콘서트 등 각종 포스터가 회의실 벽에 부착되어 있었다.

"이쪽은 전효성 실장. 인사해."

"안녕하세요."

"네, 반가워요."

차문도의 소개가 끝나기 무섭게 수는 궁금함을 참지 못하고 말문을 열었다.

"그보다 강진이 아저씨 작곡 노트가 있다고요?"

"역시…… 그것부터 묻는구나."

차문도가 옅게 웃었다.

수는 그런 미소의 참뜻을 알 순 없었지만 무언가를 그리워한단 걸 짐작할 수가 있었다.

"널 보면 강진이 형이 보여."

"그런가요."

"장례식장서 널 처음 봤을 땐 그러려니 했지. 임종 직전에 마음을 준 친구구나, 딱 그 정도였어. 근데 널 슈퍼스타Z에서 보고 얼마나 놀랐던지."

"네……."

"강진이 형의 음색, 감성, 천재성……. 넌 그걸 지니고 있었어. 마치 젊은 날의 형을 보듯이."

"……!"

수는 일순 놀라고 말았다.

우상인 김강진과 비교한 칭찬이 과분해서가 아니다.

'젊은 날의 아저씨와 내가 닮았다고?'

그간 신경조차 쓰지 않던 부분이다.

아니, 간과하고 있었다.

음악적인 유사성이 있었지만 그냥 그러려니 하고 무신경하게 넘겼었다.

갑작스레 음악적인 재능이 꽃을 피웠을 때도 그랬었다.

그건 어디까지나 김강진의 가르침 덕분에 그간 발견하지 못했던 자질을 깨달은 것쯤으로 여기고 말았다.

그런데 그게 아니라면?

이 모든 게 하나의 끈마냥 쭉 이어진 거라면.

"난 후회가 많아. 강진이 형이 방황할 때 잡아주지 못한 것에 대한 자책 말이야. 그 천부적인 자질을 제대로 꽃 피울 수 있게 내가 잡아줬다면 하는 아쉬움이지."

"……."

"난 똑똑히 기억해. 이젠 남지 않은 미발표곡을 포함하여 강진이 형이 보여줬던 그 음색과 감성을 말이야. 그리고…… 세상에 잊힌 그 모든 걸 너를 통해서 다시 알려주고 싶어."

"나를 통해서……."

수는 끝말을 흐리며 되뇌었다.

그러고 보면 수는 참 신비한 케이스다.

음치에 박치였던 기억이 아직도 또렷하다.

그런데 수 자신도 아직 알지 못하는 어떠한 계기를 통해서 슈퍼스타Z에서 극찬을 받을 정도로 빼어난 음악적 자질을 깨닫게 되었다.

참 신비한 일이다.

하나하나 짚고 넘어가자면 의아한 점이 한두 가지가 아니다.

생전 들어본 기억도 없던 곡의 악보가 떠오르며, 가사가 기억이 난다.

배운 것도 아닌데 탄탄한 발성을 선보이며, 인생의 희노애락을 다 경험한 듯이 많은 감성을 지니게 되었다.

이게 정말로 다 우연일까?

아직은 잘 모르겠다.

그저 지금으로써는 우연이 아니고선 설명이 되지 않으니까 일단 그렇게 넘어갈 뿐이다.

"강진이 형의 작곡 노트네."

"이게……."

수는 테이블 위에 올려져 있는 노트를 들어서 펴보았다.

그곳엔 김강진이 느꼈던 수많은 악상과 느낌, 표현, 멜로디가 낙서를 하듯이 오선지에 기재되어 있었다.

"아주 오래된 곡들이지. 빛을 보지 못한 명곡들이기도 하고."

"볼 수 있어요, 아니, 들려요. 이 곡들에 배어 있는 아저씨의 목소리가……."

김강진은 오래전에 죽었다.

하나 그가 남긴 이 멜로디와 가슴 저린 가사들은 아직까지도 이 노트에 담겨 있다. 시대를 거슬러 수에게 전달되고 있다.

"넌 형하고 닮은 점이 많으니까, 그 곡의 감성을 이해할 수 있을 거야."

"……."

"그래서 네게 제의를 하나 할까 해."

"제의라면?"

"그 곡들은 명곡이기는 하지만 시대에 뒤처진 것도 맞지. 지금 꺼내려면 손도 많이 가고, 바꿔야 할 부분도 많이 있고. 네가 해보는 건 어떠냐?"

"저, 저더러 편곡을 하란 거예요?"

꽤나 놀라운 제의였다.

슈퍼스타Z 생방송 무대까지 오르며 적잖은 편곡 무대를 가지긴 했다.

하지만 아직 미완성인 곡을 갖고 나만의 방식으로 다시 편곡을 하는 건 처음이다.

"편곡뿐 아니라 작곡, 작사도 하란 얘기네. 더 나아가서 녹음도 하면 좋고."

"하지만 전……."

"슈퍼스타Z 계약서상 문제 말이지?"

수가 고개를 끄덕였다.

다른 문제를 다 떠나서 음악적인 활동이다 보니 걸릴 수밖에 없었다.

"그건 어디까지나 공식적인 활동에 국한되니 문제가 될 건 없어. 그 곡들을 공식적으로 대중에 발표만 하지 않으면 네가 노래를 부르든 뭘 하든 그들로서도 참견할 수 있는 구석이 없지."

"……."

"난 그저 보고 싶을 뿐이다."

"네?"

"강진이 형이 하지 못한 걸, 네가 이루는 걸 말이야. 그러기 위해 활동 금지 기간 동안 자유롭게 녹음실도 이용하게 해주겠어. 원한다면 프로듀서나, 부족한 음악적인 교육도 해줄 의향이 있고."

파격적인 제안이다.

그 말은 삼 년이라는 시간 동안 자유롭게 녹음실을 이용하며 음악적 역량을 마음껏 갈고닦아도 된다는 뜻과 진배없다.

"계약도 원치 않아. 이건 어디까지나 내 욕심이니까. 삼 년이 지나고 작업한 곡을 딴 기획사에서 음반으로 출시해도 난 괜찮아."

"그렇게까지……."

"어때? 이게 네가 형의 작곡 노트를 받아주는 조건이야."

"……."

수는 말을 잃고 작곡 노트를 빤히 쳐다봤다.

차문도는 사업을 하는 사람이다.

그가 손해를 감수하고서라도 이런 식으로 수에게 지원을 아끼지 않는 건, 장례식장에서 죽은 김강진을 끝까지 지키며 생긴 질긴 인연 때문이다.

'인연은 또 이렇게 이어지는가?'

애초에 그가 아니면 이 작곡 노트를 받을 자격이 누가 있을까?

죽은 김강진을 위해서.

살아서 후회를 품은 차문도를 위해서.

더 나아가 수 본인을 위해서.

수는 결연한 표정을 손을 내밀었다.

"작곡 노트, 받겠습니다."

2

한국기원 서울지부 연구생실.

그리 넓지 않은 그곳엔 적막이 감돈다.

간혹 바둑알을 매만지는 달그락 소리가 들리지만 금세 사라지고 만다.

수십 개의 바둑판을 가운데 두고 수십 명의 연구생이 마주 앉아 있다.

맹렬한 기세로 바둑판을 노려보며 대국을 나누는 모습은 사뭇 진지하다 못해 살벌하다.

마치 적을 단칼에 베려는 무사의 비장함이랄까?

고작 평균 나이 15세라곤 볼 수 없는 매서운 눈빛들이다.

그래.

여기 모인 연구생들은 장차 프로 바둑기사가 될 재목들이다.

그것도 프로와 갭이 느껴지지 않는 1, 2조에 속한 최상위급 실력자들이었다.

올해도 여기 연구생 중 세 명이 프로의 세계에 발을 들였다.

저마다 물러섬이 없는 대국이다.

아니, 그럴 수밖에 없다.

대한민국 연구생 제도는 엄격하다 못해 잔인하리만치 냉엄하다.

1조에 속한 열 명이 대국을 두게 되고 한 달 간격으로 각 조의 하위 4명은 자동으로 아래 조로 강등이 되며, 아래 조의 상위 4명은 상위 조로 승급이 되는 치열한 경쟁의 장이다.

떨어지지 않기 위해서.

올라가기 위해서.

더 나아가 연구생 랭킹 1위가 되기 위해서.

대한민국이 아시아 바둑 최강국에 오른 이면에는 이러한 경쟁이 밑받침되고 있었던 것이다.

"아! 살았다."

정현우는 기지개를 켜며 안도의 한숨을 내쉬었다.

이번 리그전에서 상대에게 졌다면 2조로 강등이 될 수도 있는 처지였다.

불행 중 다행히 오늘 판을 이겨서 1조 6위로 생존에 성공했다.

"그러게, 뭔 싸움을 그리 걸어? 보니까 지키기만 해도 이기겠더만."

친구이자 연구생 동기인 김대희가 현우에게 따끔하게 일침을 가했다.

"야, 사나이 자존심이 있지. 지키는 건 내 스타일이 아니라고."

"잘났어, 정말."

티격태격거리긴 했지만 두 사람은 연구생 내에서도 가장

촉망받는 자질을 지니고 있었다.

둘의 스타일은 각기 공격 바둑과 실리 바둑으로 전혀 다른 성격과 기풍이었다.

하지만 그렇기에 어린 나이에도 경쟁하는 두 사람이 허물이 없이 지낼 수 있는 건지도 모른다.

"맞아, 나 어제 흰여울이랑 뒀어."

"진짜? 이겼냐?"

"아니, 졌어. 제길! 다 이긴 건데, 역전할 빌미를 안 주더라."

정현우는 순순히 패배를 시인했다.

그러자 김대희가 그럴 줄 알았다는 듯 고개를 휙휙 저었다.

"잘 두지?"

"어. 프로 같던데, 끝까지 아니라네."

"나도 프로나 지방 연구생인 줄 알고 몇 번이나 물었는데 아니라고 하더라."

종종 심심풀이로 인터넷 바둑을 두던 두 사람이다.

취미나 재미 삼아 바둑을 두는 인터넷 바둑 유저와 달리 연구생인 두 사람의 압도적인 기력은 아무래도 인터넷상에서는 그 적수를 찾아보기가 힘들었다.

그런 두 사람이 졌다.

"아씨, 생각하니까 또 짜증 나네. 오늘 가서 또 대국해야겠어."

어제 일만 떠올리면 분한지 정현우가 씩씩거렸다.

어려서부터 승부욕이 강하고 호전적인 성향인만큼 지고는 못 참는 성격이다.

"실은 아까 사범님한테도 살짝 말씀드렸어."

"뭐?"

"내가 졌다니까 흥미로워하시더라."

"왜 그런 얘길 해! 쪽팔리게."

"더 쪽팔릴 거나 있고? 밥이나 먹으러 가자."

김대희는 그리 말을 하면서 몸을 돌렸다.

진 건 억울하긴 하지만 그건 그거다. 한참 성장기인 두 소년에게 끼니보다 중요한 것은 없었다.

3

"제대로 약속을 지키는 꼴을 못 봐요."

수는 시간을 확인하고는 그리 투덜거렸다.

오랜만에 죽마고우인 호준과 현승을 만나기로 한 것은 좋았다.

그런데 사내새끼들이라 그런지 약속 시간에 제대로 나오는 경우가 없었다.

수는 모자를 꾹 눌러쓴 채 오고 가는 행인들의 눈을 최대한 피하며 친구들을 기다렸다.

"어이!"

멀찌감치서 호준과 현승이 손을 흔들며 나타났다.

수도 반가운 마음에 기다리며 생긴 미움이 싹 가셨다.

"빨리도 온다."

핀잔에 호준이 피식 웃었다.

"만나자마자 잔소리는. 우리 슈퍼스타는 여전히 삐딱하다니까."

"모자 벗어봐. 누가 너 알아보나 보자."

"아오, 이것들을 확!"

친구들의 짓궂은 장난에 수가 주먹을 쥐고 때리는 시늉을 했다.

얼굴을 보는 것만으로도 반갑고, 함께 있는 것만으로도 행복한 게 친구라고 했다.

수는 이렇게 친구들과 다시 만나 시간을 보낼 수가 있다는 게 너무 기뻤다.

호프집으로 자리를 옮긴 세 사람은 원형 테이블에 빙 둘러앉았다.

대한민국 최고 안주라는 후라이드 치킨을 안주 삼아 맥주 잔을 부딪쳤다.

짠!

첫 잔은 원샷이라고 빈 잔을 테이블에 내려놓은 세 사람은 그간 못 다 나눈 대화의 장을 열었다.

"너 왜 그만둔 거냐? 솔직하게 말해보자."

"뭐, 오디션 자체가 나랑 잘 안 맞더라고. 그만하면 할 만큼 한 거 같고."

수는 진짜 대충 둘러댔다.

친구들에겐 미안했지만 제작진 내부에서 부정행위가 있었다고 말을 꺼내기엔 차후 불러올 파장이 클 수가 있단 생각에서다.

"배가 불렀네, 아주."

"그래서 어쩌려고? 기사 보니까 너 음악활동도 못 한다던데, 그거 진짜냐?"

"어? 그게 벌써 소문이 쫙 퍼졌냐?"

수는 대수롭지 않다는 듯이 대꾸를 하면서 맥주를 마셨다. 입이 쓴 까닭이다.

"이 자식 보소. 아주 남 일 말하듯이 말하네."

"지난 일이잖아."

"잘났다, 정말. 잘났어."

슈퍼스타Z 얘기는 그쯤에서 멈췄다.

물론 호준과 현승은 아직 묻고 싶은 게 산더미처럼 쌓여 있었다.

하지만 수의 대답으로 미루어 볼 때 별로 말하고 싶지 않은 기색이 느껴진 까닭이다.

"김샌다. 자리 옮겨서 2차 가자."

호준의 제의에 호프집에서 일어나 단골 생선구이 집으로 자리를 옮겼다.

한적하면서도 아주머니의 넉넉한 인상만큼이나 안주가 맛깔나는 가게다.

술도 맥주에서 소주로 바뀌었다.

"큭!"

쓴 도수가 목을 타고 내려가자 세 사람은 동시에 인상을 찌푸렸다가 폈다.

"수야."

현승이 이름을 불렀다.

"왜."

"앞으론 어떻게 지내려고?"

"뭘 어째, 그냥 학교 다니면서 아르바이트 해야지. 내가 해왔던 것 그대로."

대수롭지 않게 대답을 하고 있지만 수의 표정은 그리 밝지 못했다.

그도 그럴 것이 당장 눈앞에 닥친 일만 생각을 하면 가슴이 꽉 막힌 듯 답답해졌다.

그때 조심스럽게 현승이 말문을 열었다.

"야, 안 그래도 너한테 아르바이트하나 권할까 싶었는데,
할래?"

"뭔데? 시급 세?"

급박한 시국에 몰린 만큼 수는 크게 관심을 보였다.

일은 좀 힘들고 고되도 상관이 없다.

시간만 잘 맞고 시급이 세다면 수에겐 감수할 의사가 있었
다.

"좀 세."

"얼만데?"

"주말, 이틀 동안 일한단 가정하에 세 장은 가져갈 수 있
어."

"세 장이면 30만 원?"

수는 귀를 의심하면서 눈을 동그랗게 떴다.

배터리 공장에서 하루 온종일 고생해도 수가 벌 수 있는 돈
은 6만 원 남짓이다.

아무리 힘든 일이라고 해도 그걸 감안하면 결코 적지 않은
액수다.

"넌 프리미엄이 붙어서 특별한 케이스야. 방송 좀 탄 케이
스니까."

방송을 타?

무슨 아르바이트기에 그런 걸 따지는지 궁금했지만, 일단 높은 시급에 무척 구미가 당겼다.

"그거 나 할래! 좀 더 자세히 말해봐."

현승은 잠시 어디서부터 말을 꺼내야 할지 고민을 하다가 입을 열었다.

"너 일본어 좀 할 줄 알지?"

"조금."

어렸을 적, 중고등학교 시절 제2외국어로 일본어를 전공했던 수다.

그뿐 아니라 일본 애니메이션이나 영화도 심심치 않게 찾아보며 간단한 회화는 가능한 수준이다.

"별건 아니고, 일일 가이드라고 보면 돼."

"일일 가이드?"

수는 생소한 아르바이트에 반문을 했다.

그러자 현승이 설명을 덧붙였다.

"일본 관광객들이 우리나라를 많이 찾잖아?"

"어, 명동 가면 넘치지."

"두 명 내지 세 명씩 들어오는 일본 관광객들을 일일 가이드해 주는 거야."

"야, 그러려면 일본어 잘해야 하지 않냐?"

수가 걱정이 됐는지 그리 반문을 했다. 일일 가이드를 할 정도면 통역이 가능할 만큼 일본어를 능숙하게 다뤄야 하지 않을까 해서다.

"노(No)! 형이 일본어 학과인 거 잊었냐?"

"하긴."

"통역은 내가 어느 정도 할 거고, 너도 기본적인 의사전달만 가능하면 돼. 운전도 내가 우리 아버지 차 빌려서 하면 되고. 어때, 할래?"

수는 잠시 고민에 빠졌다.

구미가 당기는 제안인데, 어딘지 모르게 찜찜함을 지울 수가 없었다.

'어째 뭔가 수상하단 말이야? 뭔가 감추는 느낌을 지울 수가 없어.'

특히 방송을 탔단 말이 가장 마음에 쓰였다.

하나 걱정은 거기까지였다.

당장 마땅한 일자리를 찾지 못한 수다. 저 정도 액수는 몇 날 며칠을 일을 해야 벌 수 있는 큰돈이다. 욕심이 날 수밖에 없다.

"까짓것, 한다."

"콜!"

"주말이라고 했지? 이번 주부터 가능한 거냐?"

"스케줄은 봐야 알겠지만, 아마 바로 가능할 거야. 일정은 내가 따로 통보해 주마."

사정이 어쨌든 간에 수는 한시름 돌렸다.

손 놓고 주말을 보낼 일은 사라졌으니까.

Chapter 3

1

일상으로 돌아온 수는 다시 학교로 돌아갔다.

이제 곧 있으면 기말고사인 까닭이다.

학생의 신분으로 돌아온 수는 오로지 공부에만 매달렸다.

주말에 아르바이트도 잡혔으니 남는 시간만큼이라도 부지
런히 공부를 할 참이었다.

다행히 호스피스 봉사활동이 끝난 덕분에 모든 시간을 도
서관에서 보내며 공부에 전념할 수가 있었다.

"저기 봐, 이수 아니야?"

"어, 진짜네? 가서 아는 척할까?"

"에이, 공부하잖아. 방해하지 말자."

수는 화장실 가는 걸 제외하곤 도서관 열람실에서 나가질 않았다.

그 역시 쉬고 싶지 않은 건 아니다.

잠깐씩은 밖을 나가 바람도 쐬고 싶었다.

하지만 그럴수록 사람들의 주목을 받고 어떤 식으로든 부딪치게 됐다.

수는 그걸 바라지 않았다.

결국 자의 반, 타의 반으로 공부에만 전념할 수 있는 환경이 조성되어 버렸다.

'그건 그거고 진서가 보이질 않네?'

학교로 돌아온 수는 의아함을 지울 수가 없었다.

여태 무슨 일이 있어도 결석은 하지 않았던 진서였다.

그 성격으로 미루어 볼 때 요 며칠 쭉 보이지 않는 모습이 의아하게 느껴졌다.

'내가 생각했던 것 이상으로 건강이 안 좋은 건가?'

이쯤 되면 대수롭잖게 생각하던 사람도 걱정이 되게 마련이다.

그간 자기 앞가림하기에 정신이 없어 신경을 쓰지 못했지만 이젠 마음이 쓰였다.

수는 휴대전화를 쥐고 문자메시지를 날렸다.

많이 아픈 거야?

심플한 내용이었지만, 그만큼 꾸밈이 없기도 한 문자메시지다.

답장을 기다리며 수는 다시 책을 펼쳤다.

시험 범위에 맞춰서 필요한 부분을 노트에 옮겨 적으며 암기에 열을 올렸다.

드릉!

아주 작은 진동이 울렸다.

수는 휴대전화 문자메시지를 확인했다.

나 매점이야.

뜬금없는 답장에 수가 의아하게 여기며 발신인을 확인했다.

아니다 다를까, 진서가 아니라 아름에게서 온 문자메시지였다.

"얘는 내가 여기 있단 걸 또 어떻게 알았대?"

마음 같아선 엉덩이 붙이고 앉은 김에 쭉 공부에 집중하고 싶었다.

하지만 지난번에 받은 고백에 대한 답변도 해야 하기에 아름을 만날 필요성을 느꼈다.

열람실을 나선 수는 지하의 매점으로 걸어갔다.

종종 사람들이 수를 알아보며 숙덕거렸지만 전혀 신경 쓰지 않았다.

"여기야."

멀찌감치에서 보더라도 눈에 띄는 미모의 아름이 반갑게 손을 흔들었다.

수는 별다른 대꾸 없이 그녀의 테이블 앞자리에 척 앉았다.

"내 남자친구 얼굴 보기가 힘드네."

아주 자연스럽게 남자친구라는 말을 들먹이며 웃는 아름이다.

수는 살짝 황당하기도 했지만, 이내 그러려니 하고 말을 받았다.

"너 아주 자연스럽다?"

"내가 틀린 말 한 것도 아닌데 뭘. 저녁은 먹었어?"

"대충. 라면으로 때웠어."

"이렇다니까…… 궁상맞게 그게 뭐야? 임자 없는 홀아비마냥. 자, 이거 받아."

아름이 테이블 아래에서 고급스럽게 포장이 된 종이 가방을 꺼내 올려놓았다.

"뭐야?"

"오다가 도시락 전문점 있기에 사 왔어. 배고파지면 먹어."

"……주는 거니 받긴 하겠는데, 갑자기 웬 현모양처 노릇이냐?"

"쉿!"

아름이 검지를 수의 입술에 대면서 예쁘게 웃었다.

"남들이 오해하겠어. 그런 가시 돋친 말은 둘만 있을 때만 해주는 걸로 해줘."

"오해?"

"아, 맞다. 나 들을 말 있지. 시간 돼? 여기서 하긴 좀 그렇잖아."

아름은 지난번에 했던 고백에 대한 답변을 바랐다.

수 역시 남들의 눈과 귀가 많은 곳에서 답을 주기엔 어려워 장소를 옮기길 바랐다.

"네 차로 가자."

두 사람은 학교 주차장에 세워진 아름의 벤츠에 탔다.

멀리 나갈 필요도 없었다.

나가지 않고 주차되어 있는 그대로 못 다한 대화를 이어나 갔다.

"아름아, 난……."

수가 질질 끌 필요 없이 답변을 줄 때였다.

"잠깐."

아름이 손을 들어 올리며 말을 딱 끊었다.

"나 지금 좀 설렌다. 긴장도 되고. 숨 좀 돌리면 그때 말해 줄래?"

"……."

"후아! 후아! 좋아. 들을 준비 됐어."

수는 그런 아름을 물끄러미 쳐다봤다.

석양에 맺힌 노을빛이 은은하게 차창을 뚫고 아름의 얼굴에 내려앉았다.

참 아름다운 여자다.

또한 다양한 매력을 지닌 여자다.

때론 여우같고, 때로 곰 같기도 하다.

이런 여자의 고백을 받는 건 축복받은 남자가 아닐까 싶을 만큼 말이다.

그러나 수에게 있어서 아름은 딱 거기까지다.

"미안. 네 마음은 못 받아줄 거 같다."

"……."

"알아, 이제 와서 헤어진다고 공표하는 게 너나 나나 쉽지 않단 거. 나 때문에 너도 언론의 주목을 받은 거 같으니까. 인터뷰하게 되면 내가 찼다고 해."

수는 최대한 양보했다.

어차피 음악적인 활동이 막힌 이상 언론의 관심이나 질타는 수에게 관심 밖의 일이기에 아쉬울 것도 없었다.

"나 지금 차인 거야? 그지?"

"어. 좀 전에 내가 너 찼어."

"와, 잔인해. 상처받아 버릴 거 같아."

아름은 쓰러지는 시늉을 하며 비운의 여주인공처럼 장난스럽게 굴었다.

그 모습이 매우 우스꽝스럽고 장난스러워서 진지한 이 상황에 어울리지 않아 보였다.

누군가 이 모습을 본다면 아름의 고백마저 거짓된 장난으로 보일 만큼 말이다.

"너…… 진심이구나?"

그러나 수의 반응은 정반대였다.

왜냐면 과거의 교제를 통해서 아름에 대해 어느 정도 알기 때문이다.

지금 보이는 아름의 반응이 무안한 마음과 차였다는 아픔을 감추기 위한 과장된 제스처임을 모를 수 없었다.

"그러면 장난인 줄 알았어?"

"그건 아니고……."

"뿌린 대로 거두는 거야. 나 너한테 상처 줬으니까, 나도 차인 거지. 핏! 나 진짜로 네가 많이 좋아졌는데. 이게 뭐니.”

“…….”

아름이 좀 전에 한 말은 모두 진심이다.

슈퍼스타Z 생방송 무대에서 수가 보인 열정적이면서도 환상적인 모습은 템프로로 활동하면서 남자에게 질릴 대로 질린 아름의 심장을 다시금 뛰게 만들어주었다.

“네 마음 받아주지…….”

“그쯤 해. 어쭙잖은 위로 하면 내 꼴이 더 웃기잖아?”

“자존심은.”

“차였으니까 자존심이라도 있어야지. 앞으로 잘 지내. 헤어졌지만 친구론 지낼 수 있잖아?”

“어. 물론이야.”

그쯤 하면 됐다.

고백을 한 게 본인의 의사였다면, 그것을 거부할 권리도 상대에게 있는 것이다.

징징거리고 울며 매달리는 아이들의 방식을 하기에 두 사람은 이미 성숙해져 있었다.

“또 봐. 친구로.”

“친구 안 해.”

“…….”

투정을 부리 듯 휙 고개를 돌렸던 아름이 새침하게 웃으며 수와 눈을 맞췄다.

"나중에 봐. 그때가 돼서 친구가 되면 보자."

"그래. 그러자."

"갈게, 시험 잘 봐."

"너도."

수는 작별을 고하곤 차에서 내렸다. 이윽고 엔진에 시동이 걸리더니 아름이 차를 몰고 주차장을 쌩하니 나가 버렸다.

"진짜 끝났네."

수는 멀어져 가는 벤츠를 말없이 한동안 보고 서 있었다.

2

금요일 오후.

전공과목의 시험을 치고 강의실을 빠져나오는 수의 만면에 근심이 가득 서려 있었다.

"휴학이라……."

문자를 보낸 지 며칠이 지났지만 진서에게서 답장은 없었다.

몇 차례 더 메시지를 보내고 전화도 걸어보았지만 묵묵부답이다.

그랬던 오늘, 시험 당일이 되어서야 진서가 건강상의 문제로 부득이하게 휴학을 하게 되었다는 얘기를 전해 들을 수가 있었다.

"하, 찾아가 봐야겠어."

수는 결심을 굳히곤 진서와 평소 친하게 지내던 여자 후배를 수소문했다.

후배는 자기도 병원은 가본 적이 없다곤 했으나, 어느 곳에 입원을 했는지는 안다고 했다.

"그거면 돼. 고마워."

"자, 잠깐만요, 오빠!"

서둘러서 병원을 찾아가 보려는 수를 후배가 불러 세웠다.

"왜? 할 말 있어?"

"죄송한데 오빠, 저 부탁 있어요."

"부탁?"

잠시 눈치를 보던 후배가 말했다.

"사진 한 장만 찍으면 안 될까요?"

"……."

후배와 작별을 고한 수는 곧장 강남에 위치한 세브란시스코 병원을 찾았다.

수는 우선 일 층 매점에 들려서 음료수 박스를 샀다.

명색이 병문안인데 맨손으로 찾아가기엔 너무 염치가 없었다.

이 큰 병원에서 막연하게 진서를 찾는 것은 쉽지 않은 일이다.

수는 안내 데스크를 찾아서 도움을 청하려고 했다.

"저기, 실례합니다."

"뭘 도와드릴…… 어? 혹시 슈퍼스타Z에 나오셨던 이수 씨 아니세요?"

"네? 네. 맞는데."

상대가 먼저 자신을 알아보는 통에 수도 적잖이 당황을 했다.

이런 관심이 싫어서 모자까지 푹 눌러쓰고 왔는데, 말짱 도루묵이 되고 말았다.

"와, 화면보다 실물이 더 미남이시네요."

"가, 감사합니다."

"뭘 도와드릴까요?"

"다름이 아니라, 오진서 환자가 입원해 있는 병동이 어디인지 알 수 있을까 해서요."

"잠시만요. 여기 있네요. 암센터 6동 1405호입니다."

"암센터요?"

수는 그만 까무러치게 놀라고 말았다.

휴학까지 결심을 할 정도면 진서의 병명이 심상치 않음을 어느 정도는 짐작할 수 있었다.

하지만 설마 하니 암일 줄은 상상도 하지 못했다.

감사의 뜻을 고한 수는 곧장 표지판을 따라서 암센터로 이동을 했다.

'암이라니……. 진서 너, 괜찮은 거냐?

걱정의 무게가 한순간에 늘어났다.

심상치 않은 병일 것은 짐작했지만, 사망률이 가장 높은 암이라는 병명이 주는 무게감은 분명 달랐다.

한순간에 쌓인 걱정이 수의 가슴을 무겁게 짓눌렀다.

병동에 들어서자 병색이 완연한 환자들이 곳곳에서 눈에 띄었다.

특히 항암치료를 받아 머리카락이 한 올도 남지 않은 환자가 상당수 보였다.

"후. 다행히 아무 때나 병문안이 가능하나 보네."

불행 중 다행으로 암환자들은 병문안이 가능한 시간 때가 따로 정해져 있지 않았다.

수는 엘리베이터를 타고 해당 층수로 이동해 병실 앞에 섰다.

"오진서. 여기인가 보네."

진서가 입원해 있는 병실은 일인실이다.

호스피스 병동에서 근무하면서 일인실이 다인실에 비해 입원비가 높다는 걸 알게 된 수다.

병실을 통해 진서의 가정 형편이 어렵지 않단 사실을 짐작할 수가 있었다.

똑똑.

수가 노크를 했다.

"실례합니다."

수가 미닫이문을 쭉 열고 조심스럽게 발을 들였다.

창가 옆으로 스며들어 오는 햇살이 병실을 비췄다. 하지만 가지런히 정리된 옷가지와 시트들 너머로 수가 그토록 만나고 싶어 했던 진서는 보이지 않았다.

"누구세요?"

낯익은 목소리에 수의 고개가 돌아갔다.

미닫이문 턱에 비니를 쓰고 서 있는 이는 바로 오진서였다.

"서, 선배?"

"진서야."

서로를 보았지만, 인지하고 받아들이는 데는 잠깐의 시간이 필요했다.

진서의 몰골은 많이 망가져 있었다.

우선 비니에서 알 수 있다시피 항암치료로 인해 민머리가 되었다.

살도 쪽 빠져서 마른 상태였으며, 광대와 눈이 툭 튀어나와 고단해 보였다.

"여, 여길 어떻게…… 앗! 보지 마요. 당장 고개 돌려요!"

진서가 갑자기 소리를 빽 질렀다.

덩달아 깜짝 놀란 수는 반갑다는 인사조차 제대로 건네지 못하고 고개를 돌려 버렸다.

"왜! 왜 그러는데?"

"이런 모습 보여주기 싫다고요!"

"뭐?"

수는 살짝 어이가 없어졌다.

하지만 수가 다시 몸을 돌리려고 할 때였다.

"스톱! 돌지 말라고 분명 경고했어요."

"야."

"좀! 내 말 들어줘요."

윽박을 지르곤 있지만 어딘지 모르게 서글픔이 담긴 만류였다.

어쩐지 수도 고집을 부릴 수가 없었다.

그렇게 수는 한참 동안 벽만 보고 서 있었다.

등 뒤로 뭔가 부스럭거리는 소리가 십 분 넘게 들렸다.

도대체 뭘 하는 건지 궁금해 죽겠지만, 일단 인내심을 갖고 참고 기다렸다.

"이제 됐어요. 돌아보세요."

"뭐, 때문에 그런……."

몸을 돌려 진서와 눈이 딱 마주친 수는 그만 할 말을 잃고 말았다.

그 짧은 시간 동안 뭘 그리 분주하게 하나 했더니, 옅게 화장을 한 것이다.

"너…… 그 와중에 화장했니?"

"민낯은 예의가 아니라고 배워서요."

"……."

어이가 없기도 했지만 참 그런 면이 진서답다는 생각에 수가 픽 웃었다.

"예쁘다."

"저, 정말로요? 저 머리도 없고, 살도 빠졌는데……."

"그래도 예뻐. 태가 괜찮은데 뭐 하러 화장을 했어."

여자에게 있어 예쁘단 말보다 더 후한 칭찬은 없는 법이다.

그것이 빈말이라고 할지라도, 진서는 수의 예쁘단 말 한마디에 마음의 결석이 사르르 녹아내렸다.

홍조를 띤 진서는 수줍음을 감추고자 얼른 말을 돌렸다.

"여긴 어떻게 알고 온 거예요?"

"아, 맞다. 나 너한테 화내려고 왔는데."

"화요?"

수가 짐짓 표정을 고치고 눈을 맞췄다.

"암이라면서. 왜 말 안 한 거야?"

"……."

"난 우리가 꽤 친하다고 생각했는데. 솔직히 실망 많이 했어."

진서는 말이 없다.

그저 지그시 눈빛으로만 입 밖으로 할 수 없는 속내를 말하고 있다.

'내 꼴이 이런데 어떻게 말해요. 난 선배한테 여자이고 싶다고요.'

목에 걸린 듯 말이 맴돌았지만, 진서는 결코 표현을 하지 않았다.

"미안해요. 괜히 동정받는 기분이 들어서."

"다음에 또 이러면 화낼 거야. 병세는 좀 어때?"

"많이 나아졌어요. 조금만 더 고생하면 퇴원할 수도 있을 거 같아요."

그간 진서는 여덟 차례에 걸친 항암치료를 충실히 버텨냈다.

덕분에 전이는 멈췄으며, 종양의 크기도 몰라보게 줄어들었다.

조만간 통원 치료가 가능하단 의사의 소견도 받았다고 한다.

"그만해서 다행이야."

"선배야말로, 슈퍼스타Z 왜 그만둔 거예요?"

"아, 그거? 사정이 있었다."

그간 못한 이야기보따리가 풀리자 시간 가는 줄 모르고 이어졌다.

어느새 해가 지고 작별할 시간이 되었지만 두 사람은 그때까지도 이야기의 마무리를 짓지 못했다.

"아쉽게도 오늘은 여기까지 해야겠다."

"내 정신 좀 봐. 미안해요, 너무 오래 잡고 있었죠?"

"야!"

"네?"

수의 호명에 반사적으로 진서가 반문했다.

"뭐가 그리 미안해? 미안해하지 마. 그런 말 자꾸 하면 진짜 미안한 사이 같잖아."

"아…… 미안…… 웁!"

진서는 또 같은 말을 반복하려다가 입을 다물었다.

병원 신세를 지다 보니 자연스럽게 사람이 그리워졌던 모양이다.

하물며 가슴에 담아 둔 수의 병문안이다 보니 혹여라도 이런 모습에 자신을 떠날까, 아니면 토라질까 조심스러운 그녀였다.

"나 갈게. 나오지 말고 쉬어."

수는 진서에게 작별을 고하곤 병실 문 앞에 섰다.

막 나서려는 수에게 진서는 눈치를 보느라 꺼내지 못했던 말을 했다.

"아름 선배하곤 잘 지내죠?"

"……."

수가 고개를 돌려 눈을 직시했다.

진서는 아차 싶었다.

'왜 지금 그걸 묻는데? 뻔히 좋아한다고 티 낼 일 있어?'

자연스럽게 물을 수 있는 기회도 많았다.

그런데도 불구하고 굳이 지금 묻게 된 스스로가 바보 같고 너무 원망스러웠다.

"……."

진서는 시선을 깐 채 눈치를 슬슬 살폈다.

이번 일 때문에 혹여 라도 수와의 관계가 서먹해질까 봐 걱정스러웠다.

"우리 헤어졌어."

"네?"

예상치도 못한 대답에 진서가 고개를 들었다.

수가 어딘지 슬퍼 보이는 미소를 띠며 자신을 보고 서 있었다.

"정리했어. 친구로 보기로."

"아, 미안해요."

"또, 또 그 말. 나 이제 갈게. 쉬어."

거기까지 말을 하곤 수는 몸을 돌려 병실을 나섰다.

아름과 헤어졌다는 말에 잠시 멍하던 진서는 이내 기쁨을 감추지 못하고 발장구를 치며 이불을 머리끝까지 뒤집어썼다.

"헤어졌대! 헤어졌다고! 꺄악!"

베개에 얼굴을 묻은 진서는 그렇게 기쁨을 비명을 내질렀다.

3

드르릉!

병동을 나서던 수는 휴대전화 문자메시지를 확인했다. 현승이 보낸 것이다.

내일 아침 7시까지 집 앞으로 데리러 가마. 이틀 동안 스케줄 표도 동봉했으니까, 집에 가서 확인하고. 최대한 꾸미고 나와.

수는 휴대전화를 바지 주머니에 욱여넣었다.

무슨 말인지 대충 알았고, 스케줄은 이따가 집에 가서 썼고 확인해도 늦지 않은 까닭이다.

마지막 꾸미고 나오라는 말이 내심 마음에 걸리긴 했지만, 아무래도 깔끔한 인상을 유지하란 말 정도로 이해하고 받아들였다.

"그보다 진서를 어쩌지?"

몹시 난감한 일이다.

어렴풋이 짐작은 하고 있었는데, 오늘 일로 확실해졌다.

진서는 수에게 마음이 있다.

이건 넘겨짚는 게 아니다. 분명하게 촉이 왔고, 아마 맞을 확률이 농후하다.

이렇게 보면 이전에 이유 없이 수에게 쌀쌀맞게 대했던 것도 이해가 가능하다.

아름과의 재교제가 알려진 시점과 정확히 일치하니까.

"그래서 나한테도 연락을 안 했구나. 저런 몰골 보여주기 싫어서."

왜 몰랐을까?

꽤 오랜 시간 붙어 다녔는데 몰랐다니. 이렇게 눈치 없는 놈이 세상에 또 있을까?

"하아. 어쩌지? 진서랑 어색해지는 건 싫은데."

어디까지나 추측이다.

거의 확실시된다지만 수 자신의 마음을 돌아보는 게 우선

시되어야 한다.

사람의 마음이란 건 일방향이 아니라 쌍방향이 되어야 하니까.

"진서는……."

버스 정류장에 서서 진서를 떠올렸다.

참 함께 있으면 활기 넘치고, 기분 좋아지는 후배다. 성형을 했다지만 어디서 빠지지 않는 미모고 성격도 모난 것 없이 좋다.

진서가 내 여자친구라면?

나쁘진 않을 거 같다.

요즘 같은 때에 진서 같은 여자친구를 사귀는 것도 쉬운 일이 아니니까.

하지만…….

"좋은 후배야. 동생이기도 하고."

안타깝지만 수의 심장은 진서를 보며 전혀 뛰고 있지 않았다.

Chapter 4

1

꼭두새벽부터 수는 정신이 없다.

샤워를 하고 몸을 말리기가 무섭게 가장 말끔한 옷을 찾아서 갈아입었다.

로션을 바르고, 신경 써서 드라이도 마쳤다.

합숙소를 나온 뒤 가장 공을 들인 모습이라고 해도 과언이 아니다.

"그놈 참 세련되게 잘생겼네."

이런 통계가 있다.

남자 10명 중 9명은 스스로의 외모에 이 정도면 괜찮지라는 생각으로 살아간다고 한다.

수도 그 범주에서 크게 벗어나지 않는 케이스였다.

다만 방송에 출연하게 되면서 복학생 특유의 후줄근함이나 촌스러움이 많이 사라졌다.

카메라 마사지 때문일까?

똑같은 이목구비인데도 이전에 비해 꽤나 도드라져 보였으며, 군 복무를 하며 뒤처졌던 스타일면에서도 비약적인 발전을 이루었다.

"나가볼까?"

수는 행여 엄마나 아버지가 깨지 않으실까 조심스럽게 현관문을 열고 나섰다.

야간 택시 운행을 하고 들어오신 아버지나, 며칠 만에 병원이 아니라 집에서 잠을 청하는 어머니가 조금이라도 더 단잠을 잤으면 하는 바람에서다.

대문 밖을 나서자 현승이 기다리고 있었다.

"오래 기다렸지?"

"나도 막 왔어."

수는 반가운 친구의 얼굴보다 현승이 비스듬하게 팔을 기대고 서 있는 차에 시선이 더 갔다.

국내 대형차 중에선 가장 대중적이면서도 인기가 높은 그랜저다.

"차 죽이지?"

"아빠 차 타고 와서 폼 잡긴. 가자. 인천공항까지 가려면 꽤 시간 걸릴 거야."

더는 소비할 시간이 없었다.

운전대를 잡은 현승은 제법 능숙한 드라이빙을 뽐내며 인천공항을 향해 질주했다.

이동하는 시간 동안 수는 일일 가이드에 대한 여러 가지 이야기를 들을 수가 있었다.

"편하게 생각해. 일일 가이드라고 해서 스케줄 표에 있는 모든 걸 네가 설명해 줄 필요 없어. 요새 때가 어느 때냐? 놀러오는 일본인들 다 경복궁, 남산타워, 한옥마을 우리보다 더 잘 알아."

"그럼 우린 뭘 하는데?"

"뭐 하긴…… 가이드 하는 거지."

"그니까 그 가이드가 뭐냐고?"

수가 집요하게 묻고 늘어지자 현승이 뜬금없는 말을 뱉었다.

"대접이지!"

"대접?"

"아! 한국이란 나라엔 이런 멋진 남자들이 있구나. 또 오고 싶은 나라구나. 뭐 이런?"

"……."

수는 어이가 없다는 듯이 볼을 실룩거렸다.

제대로 된 노하우나 도움이 될 만한 이야기는 전혀 없고 쓸데 없는 얘기만 하니 이해가 가지 않았다.

"너 나한테 뭐 숨기는 거 있냐?"

"숨기긴 뭘 숨겨. 얘가 꿀 아르바이트 소개해 줬더니, 보따리 내놓으란 격이네?"

"그건 아니고……."

수는 슬그머니 꼬리를 내렸다.

현승의 말대로 이틀 동안 일을 해서 30만 원을 벌 수 있다면 결코 밑지는 일은 아니니까.

"형이 살짝 귀띔해 주자면, 오늘 가이드할 손님은 두 분이야. 그것도 20대 여성이지!"

"그래?

"이름도 말해주마. 미사오 짱이랑 카오루 짱이지. 귀여운 느낌이 팍 들지 않냐?"

"……네가 말하니까 왜 이렇게 변태 같지?"

"닥쳐!"

현승이 눈을 흘겼다.

2

인천공항 11번 게이트 앞.

어디서 또 챙겨 왔는지 선글라스를 착용한 현승이 일본어로 쓰인 푯말을 들고 서 있었다.

거기엔 일본어로 카오루 짱, 미사오 짱 환영한다고 쓰여 있었다.

"슬슬 나올 때가 됐는데?"

항공편이 도착을 했는지 게이트를 통해서 삼삼오오 사람들이 나오기 시작했다.

일본을 다녀오는 가족 단위 여행객, 비즈니스맨, 유학생, 외국인 관광객 등 헤아릴 수도 없는 많은 종류의 사람이 게이트를 빠져나왔다.

수도 오늘 가이드를 하게 될 미사오와 카오루를 찾기 위해 부단히 눈동자를 굴렸다.

두 명의 20대 일본 여성 관광객을 찾으면 될 일이니 어렵지 않게 찾을 수 있을 것 같았다.

"저기 두 명인가?"

현승은 막 게이트를 통해서 나오는 일본인 여성 두 명을 향해 푯말을 흔들어댔다.

"……"

그녀들은 그런 현승과 푯말을 스윽 보더니 고개를 휙 돌려

지나쳐 가버렸다.

"아닌가 본데?"

"아니면 아닌 거지, 뭘 저리 쌀쌀맞게 군대."

시간이 흘렀다.

게이트에 왕래하는 사람이 툭 끊겼을 만큼 나올 사람은 모두 나왔다.

와야 할 미사오와 카오루가 오지 않자, 현승의 얼굴에 당혹스러움이 서렸다.

"안 오는데? 게이트를 잘못 안 거 아냐?"

"아냐, 이쪽 맞아.

"전화해 봐."

"어, 기다려."

현승도 초조해졌는지 얼른 휴대전화를 꺼내서 전화를 걸었다.

그런 사이에 혹여라도 지나치지 않을까 수가 눈에 힘을 주고 게이트를 쳐다볼 때였다.

"어?"

수는 자기도 모르게 한 여자에게 시선을 빼앗겼다.

긴 생머리에 선글라스를 낀 여성이었다. 선글라스 때문에 외모는 자세히 알 수 없었지만, 170cm가 넘는 모델 뺨치는 기럭지에 절로 시선이 갔다.

"모델인가?"

남성의 본능이 자꾸만 그녀에게서 눈을 떼지 못하게 만들었다.

가까이서 보니 스타일도 참 세련됐다.

오버스럽거나 경망스러운 기색이 없이 깔끔하면서도 여자가 풍기는 고유의 분위기와 딱 매치가 되는 인상이다.

'뉴요커 같네.'

흡사 뉴욕의 거리를 활보하고 다닐 커리어 우먼이나 모델을 연상케 하는 느낌이다.

'확실한 건 일본 여성은 아닐 거야.'

편견일 수도 있겠지만 우리나라에 알려진 일본 여성의 이미지는 작은 키에 아담한 몸매를 보유하고, 귀여움이 넘치는 모습이다.

아무래도 저런 선입견이 뇌리에 박힌 이유가 커서일 거다.

뚝! 뚝!

안 그래도 큰 키에 높은 굽을 신은 그녀가 점점 걸어 나온다.

게이트를 나서서 수의 앞을 지나쳐 갈 거란 예상과 달리 점차 가까이 다가온다.

근처에 아는 사람이 있나 보지.

대수롭지 않게 여기던 때에 그녀가 수의 두어 발 앞에 서서는 선글라스를 벗었다.

아!

수는 입 밖으로 탄성을 지를 뻔했다.

그녀의 까만 눈동자엔 형용 못 할 신비스러움이 담겨 있었다. 가냘프면서도 균형감 있는 턱 선과 살짝 올라간 눈꼬리는 전형적인 커리어 우먼의 인상을 짙게 풍기고 있었다.

'이국적인 미녀. 혼혈인가?'

타고난 여자의 분위기에 수도 살짝 주눅이 든 걸 인정하지 않을 수가 없었다.

그랬던 그녀가 입이 열렸다.

"가이드 김현승?"

또박또박 한국말로 튀어나온 그녀의 호명에 현승의 고개가 돌아갔다.

"제가 현승이긴 한데, 누구?"

그녀는 선글라스를 다시 쓰며 푯말을 턱짓으로 가리켰다.

"미사오."

"아! 하지메 마시떼. 도죠 요로시쿠! (어서 오십시오, 만나서 반갑습니다)."

"그만."

"네?"

"어설프게 일본어하지 마요."

"……."

현승은 반문을 하며 눈을 깜빡거렸다.

너무도 자연스러운 그녀의 한국말에 그만 할 말을 잃은 것이다.

"뭐해요? 가방 안 끌고."

"아! 챙겨야죠. 뭐해?"

현승이 눈치를 주자 수가 못 마땅한 기색으로 가서 캐리어를 넘겨받았다.

"저 근데 미사오 상, 카오루 상은 어디 계신지?"

"안 와요."

"네? 분명 예약자는 두 명으로……."

조심스럽게 묻자 그녀가 대꾸했다.

"그런 사람 없어요. 내가 다른 사람 이름으로 예약한 겁니다."

"……."

굳이 왜라는 말이 목구멍에 걸렸다.

혼자 오면서 두 명인 척 예약을 한 그녀가 선뜻 이해가 가지 않는 현승이다.

하나 개인적인 이유까지 물고 넘어져서 기분을 상하게 할 만큼 현승은 어수룩하지 않았다.

"아, 그러셨구나. 그러면 이쪽으로 가시죠, 미사오 상."

"도모에."

"네?"

"도모에가 내 이름이에요."

"아! 나머진 가명이셨구나. 예, 도모에 상. 지금부터 최선을 다해 모시겠습니다."

현승은 그녀의 옆에 철썩 달라붙어서는 연신 싱글벙글 웃어대며 안내를 했다.

조금 거리를 두고 짐꾼마냥 캐리어를 끌고 가는 수가 중얼거렸다.

"재일교포인가?"

3

트렁크에 캐리어를 옮겨 실은 수가 보조석에 앉자 차가 출발했다.

운전을 맡은 현승은 뒷좌석에 앉은 도모에의 눈치를 보면서 말을 걸었다.

"아침부터 한국에 오시느라 수고 많으셨습니다! 전 일박이일 동안 운전과 가이드를 맡은 김현승, 이쪽은 제 친구이자 대한민국 최대 오디션 프로그램 슈퍼스타Z 출신의……."

"이수 씨, 맞죠?"

"절 아세요?"

"그럼 모를 줄 알았나요? 당신을 선택한 덕에 제가 지불한 웃돈이 얼마인데요."

"잠깐, 선택이요?"

수가 그게 뭔 소리냐는 듯 현승을 째려보았다.

그뿐이 아니라, 웃돈을 줘?

뭔가 찝찝한 구석이 있더라니, 설마 일일 가이드를 선택해서 온 줄은 꿈에도 몰랐다. 뭔가 비밀스러운 거래가 있었던 게 틀림없다.

현승은 그런 시선을 피하며 어색하게 웃었다.

"하하, 도모에 상도 굳이 필요 없는 말을…… 일단 스케줄대로 명동으로 이동하겠습니다."

"아뇨."

"네?"

"대전으로 가주세요."

도모에의 갑작스런 요구에 현승이 당황했다.

"하, 하지만 스케줄에는 이미……."

"안 된다는 말인가요? 저 내릴까요?"

"아, 아닙니다. 가야죠, 암. 모시고 가야 하고 말고요."

손님은 왕이다.

서비스업에서는 특히 더 중요한 정신인만큼 현승은 굽실

거렸다.

그렇게 차는 대전을 향해 질주해 나아갔다.

중간마다 현승이 한국에 대해서 떠들어댔으나, 도모에는 듣는 둥 마는 둥 하고 말았다.

돌아오는 대답이 없자 현승의 말수도 점점 적어졌다.

"야, 가만히 있지 말고 점심 먹을 만한 맛집 좀 검색해 봐."

"참 가지가지 한다."

수는 어처구니가 없다는 듯 노려보고는 나름 대전 맛집으로 정평이 난 공주칼국수 집을 선정했다.

"하하, 도모에 상. 공주칼국수라고 대전의 맛집으로 유명하다네요. 좀 매우실 수 있는데 점심 식사로 괜찮으실런지요?"

"좋으실 대로."

돌아오는 말은 짧다.

아무리 고객이라지만 살짝 빈정이 상한 현승이 입술을 삐죽 내밀었다.

4

같은 시각, 인천공항.

17번 게이트를 통해서 머리부터 발끝까지 까만 정장에 선

글라스를 착용하고, 서류 가방을 든 한 남자가 걸어 나오고
있다.

딱 벌어진 어깨와 각이 진 턱 선만 보더라도 사내다운 기상
이 물씬 풍겼다.

그는 휴대전화를 꺼내서 어딘가로 전화를 걸더니, 유창한
일본어로 말했다.

"지금 한국에 도착했습니다. 네, 바로 대전으로 내려가겠
습니다. 무사히 아가씨를 모시고 입국하도록 하겠습니다."

용무를 마친 그가 휴대전화를 주머니에 집어넣더니 걸음
을 뗐다.

5

공주칼국수.

멸치육수와 고춧가루로 맛을 낸 칼국수로 수도권에서는
맛보기 힘든 충청지역의 칼국수다.

무척 매운 맛이 강한 까닭에 처음 먹을 경우 얼얼해서 물
없이는 먹을 수 없는 음식이다.

"……."

세 사람은 말없이 칼국수를 먹는 데 여념이 없었다.

후루룩!

면이 입안으로 흡입되는 소리 외에는 어떠한 대화도 오가지 않았다.

대전으로 내려오는 몇 시간 동안 현승이 쉬지 않고 떠들었지만 돌아온 대답은 손으로 꼽을 만큼 적었다.

그러다 보니 말하는 현승 쪽도 지쳐 그만 입을 다물게 된 것이다.

"왜 대전에 오신 건지 알 수 있을까요?"

지금까지 잠자코 있던 수가 질문을 던졌다.

그러자 도모에가 고개를 들어 눈을 한 번 스윽 보더니 대꾸했다.

"가고 싶은 데가 있어요."

"어딜?"

"여기요."

도모에는 명품 가방에서 주소가 적힌 종이 한 장을 꺼내 보였다.

거기엔 주소가 하나 적혀 있었다.

"대전 효동 76번지?"

"거기로 데려다 주면 돼요."

수는 종이 쪽지와 도모에를 번갈아가면서 보았다.

'뭔가 사연이 있는 것 같은데……'

궁금하긴 했지만 수는 묻지 않았다.

자칫 이런 질문이 도가 넘어설 수 있기 때문에 조심한 것이다.

특히 재일교포라면 일본의 문화가 몸에 배었을 확률이 높다.

서로 간의 사생활 간섭을 극도로 꺼리는 일본의 생활상을 고려하면 묻지 않는 게 옳다.

점심 식사를 마치고 다시 차에 올라탔다.

대전의 지리는 생소했지만, 내비게이션에 주소를 입력하니 쉽게 찾아갈 수가 있었다.

그렇게 도착한 효동 76번지는 허름한 달동네였다. 7대 광역시에 들 만큼 발전을 한 대전에 어울리지 않는 곳이기도 했다.

도모에는 홀로 차에서 내려 그런 동네를 거닐고 있었다.

하는 수 없이 수와 현승도 도모에를 따라서 차에서 내려 일정 거리를 두고 뒤따랐다.

"이런 곳을 왜 오자고 했을까? 생긴 거랑 다른데."

"사연이 있겠지."

"그니까, 그게 뭔 사연이냐고. 남편이 여기로 도망쳤나?"

현승의 어처구니가 없는 추론에 수가 질렸다는 눈길로 쳐다봤다.

"그걸 말이라고 하냐?"

"너 사랑과 전쟁 안 보지? 거기 보면 이런 경우가 허다하거든."

"잘났다, 정말."

수는 고개를 저으며 시선을 도모에게로 옮겼다.

방해가 되지 않게끔 멀찌감치서 지켜보았는데, 아련한 눈길로 달동네 이곳저곳을 둘러보는 시선엔 애환이 서려 있었다.

한 시간이 넘게 그곳을 둘러보았던 도모에가 다음에 향할 목적지를 일러주었다.

"가오중학교로 가주세요."

"가오중이라고 하셨죠? 바로 모시겠습니다!"

그녀가 언급한 목적지는 효동에서 차로 십 분도 채 되지 않는 거리에 자리 잡고 있었다.

"여기가 가오중학교?"

"네."

차에서 내려서 교문 앞에 선 도모에는 주변을 쭉 둘러보았다.

하늘 높이 솟아 있는 아파트가 숲처럼 사방을 둘러싸고 있었다.

"포도밭이 없어."

도모에가 들릴 듯 말 듯 한 소리로 읊조렸다.

무언가 들은 얘기가 분명히 있는 것 같은데 보이지 않자 적잖이 당황한 걸로 보였다.

수가 못 들은 척 껴들어서 한마디 보탰다.

"개발되었을 거예요."

"……."

"한국이 좀 빨라서 금방 변해요."

수는 어깨를 으쓱하며 물러섰다. 더는 그녀의 감상에 개입하지 않기 위해서다.

이제야 그녀가 한국에 온 이유가 어렴풋이 짐작이 갔다.

아마도 도모에가 찾아온 이 땅에서 보고자 한 것은 누군가의 추억이었던 게 아닐까?

그 뒤로도 도모에는 여러 곳을 가보고자 했다.

대전역 시장.

보문산.

도모에가 원한 모든 곳을 방문하고 나니 어두컴컴한 밤이 되었다.

"오늘은 대전에서 묵죠."

"네? 서울에 예약을 해둔 호텔은……."

"그냥 두세요. 두 분이 묵을 객실 비용도 제가 내도록 하죠."

"그러시다면야, 뭐."

모든 비용을 지불하겠다는 말에 현승도 더는 토를 달지 않 았다.

그리하여 세 사람은 대전 유성구에 위치한 그랜드 호텔에 묵게 되었다.

지방이란 특성 때문인지 따로 예약을 하지 않았음에도 객 실에 머물 수가 있었다.

"아! 지친다, 지쳐."

도모에가 객실에 들어가는 것까지 확인을 하고 나서야 수 와 현승도 객실에 들어왔다.

현승은 온종일 운전을 도맡아 하며 제법 긴장을 했는지 그 대로 침대에 눕더니 금세 잠이 들어버렸다.

"야, 씻고 자야지."

수가 그리 말을 했으나 현승은 이미 깊이 잠에 들어버렸다.

"내 팔자야."

할 수 없이 옷가지를 벗겨서 그대로 소파 위에 두곤 이불을 덮어주었다.

샤워를 하고 나온 수는 미리 챙겨 온 가벼운 옷으로 갈아입 었다.

시간을 보니 오후 열 시가 조금 넘어가고 있었다.

"자기엔 좀 이른 시간이네."

잠시 고민을 하던 수는 침대맡에서 몸을 일으켰다.

편의점에서 맥주라도 사서 한잔 마시고 잘 생각에서다.

그렇게 막 객실 문을 열고 나설 때였다.

"까, 깜짝이야!"

수는 문 바로 앞에 서 있는 도모에를 보고 그만 까무러치게
놀라고 말았다.

도모에는 눈빛 한 올 흔들리지 않으며 대꾸했다.

"놀란 건 제 쪽이거든요?"

"······전혀 그래 보이진 않는데. 뭐 불편하신 점이라도 있
으신지?"

수가 묻자 도모에가 고개를 저었다.

"한잔하죠."

"술이요? 맥주 사다 드려요?"

도모에가 눈을 휘둥그레 뜨곤 수를 쳐다봤다.

"그거 조크(Joke)?"

"······."

"일 층 바(Bar)로 가죠."

"바, 바요?"

수가 당황해하며 망설였다.

같이 술자리를 갖는 것도 업무의 연장선인지, 개인적인 것
인지 가늠이 되질 않았다.

"뭘 멀뚱히 보고 있죠?"

"그게……."

"술값 내라고 할까 봐 그래요? 계산은 제가 합니다."

"……."

"술 상대에 대한 비용도 적지 않게 치르죠. 시간당 만 엔이면 충분하지 않아요?"

"잠깐만요. 술 상대요? 비용을 치러?"

좀 전의 말을 곱씹던 수는 뒤늦게야 대강의 뜻을 알아챌 수 있었다.

일일 가이드의 일정에는 고객의 요구에 따라서 술자리까지 동석하는 게 포함되어 있던 것이다.

'저걸 확!'

수가 가늘어진 눈초리로 곯아떨어진 침대 위에 현승을 죽일 듯이 노려봤다.

어쩐지 뭔가 감추는 게 있다 싶더니만, 제대로 당한 기분이 들었다.

Chapter 5

1

바(Bar).

고즈넉한 분위기의 그곳은 매우 한산했다.

덕분에 도모에와 수는 별다른 고민 없이 스탠드에 자리를 잡았다.

"위스키, 괜찮죠?"

"뭐, 아무거나 상관없어요."

가려서 마실 처지가 아닌지라 수가 순순히 응했다.

도모에는 즐겨 마시던 위스키가 있는 듯 그걸 주문했다.

금세 주문된 위스키와 얼음, 안주가 나왔다.

"따라요."

"……."

명령조에 수가 살짝 기분이 상했지만 내색을 하지 않고 시키는 대로 했다.

이 정도는 양보해 줄 수 있다.

수도 앞에 놓인 잔에 위스키를 따랐다.

"마셔요."

먼저 잔을 비워 버린 도모에가 그리 말했다.

잠시 망설이던 수도 단숨에 들이켰다.

식도를 타고 가슴 부위까지 뜨거운 뭔가에 타들어가는 느낌을 받았다.

"큭, 쓰다."

"술맛을 모르는군요."

도모에는 그리 핀잔을 주고는 빈잔을 내밀었다. 수가 빈잔을 채워주면서 말했다.

"한국이 처음은 아니시죠?"

"자주 왔어요. 이번이 한 서른 번쯤 되죠."

수는 역시나 하는 표정을 지었다.

한국어가 능통한 건 둘째 치고, 한국이란 문명과 문화에 거부감이 전혀 없다.

이미 경험을 한 듯 일상적으로 느끼고 받아들이고 있었다.

'그럴 거면 우릴 왜 고용한 거지? 정말 귀찮아서 짐꾼이나, 택시처럼 부리려고 고용했나?'

수로서는 이해가 가지 않는 대목이었지만, 대놓고 묻진 않았다.

실례가 될 수도 있단 생각이 들어서다.

"표정에 다 보이네."

"네?"

"내가 왜 당신들을 고용했는지 묻고 싶은 거죠?"

"……."

"당신이 보고 싶었어요."

"저, 절요?"

수는 살짝 놀란 표정으로 반문을 했다.

동시에 싫지 않은 기분도 들었다.

그도 남자다.

도모에 정도 되는 이국적인 느낌의 여자가 자신을 보고 싶어 했다는데 전혀 기분 나쁠 리가 없었다.

"일일 가이드 목록에 당신이 없었다면 난 한국에 오지 않았을 거예요."

"저, 죄송한데, 그 일일 가이드 목록이란 게 정확히 뭔지 여쭤볼 수 있을까요?"

궁금함을 참지 못하고 수가 묻자 도모에가 눈을 깜빡이며 물었다.

"정말 몰라서 묻는 거예요?"

"네, 제가 아는 가이드의 역할 말고 다른 게 포함되어 있는 것 같아서."

"기가 막혀서. 그걸 모르고 나오다니."

"……."

"당신들은 내가 돈을 지불하면 밤까지 함께해야 해요. 술을 따르고, 날 웃기고, 떠들고. 원한다면 잠자리에서도 최선을 다해 날 위해서 봉사를 해야 하죠."

"자, 잠자리요?"

수는 둔기로 얻어맞은 듯 넋이 나갔다.

일일 가이드라는 명칭만 그럴싸할 뿐, 그 이면은 접대부에 가깝기 때문이다.

그런 반응에 도모에도 매우 놀란 눈치였다.

"정말 몰랐다니……. 요새 유행이죠. 한류 열풍이 불면서 열도 여성들에게 한국 남성에 대한 환상이 생겼고, 이왕이면 한국의 호스트바를 가느니 일석이조로 이런 불법적인 형태로 즐기려는 편이죠."

'어쩐지, 뭔가 수상쩍다 싶더니만. 호스트나 다름없잖아?'

수는 객실에서 곯아떨어져 있는 현승을 보며 이를 으득으득 갈았다.

이런 자리인 줄 미리 알았더라면 시급이 세다고 해도 절대 나오지 않았을 것이다.

"죄송하지만 저는……."

"모르고 넘어갔단 말은 안 통해요. 제 성질 건들면 불법 가이드로 신고하겠어요."

"……."

수의 낯빛이 딱딱하게 굳었다.

별거 아닌 것 같아 동행을 했다가 일이 커지지 않을까 우려스러웠다.

그런 수를 보며 도모에게 피식 웃었다.

"놀라긴."

은은한 조명을 받으며 위스키 잔을 빙그르 돌리는 도모에의 표정은 더없이 매력적이다.

'나쁜 여자는 아닌데.'

불쑥 왜 그녀가 한국에 왔으며, 대전 땅을 찾았는지 궁금해졌다.

"신고할 생각 없으니까 걱정 마요."

"도모에 상."

"말해요."

"실례가 될 수 있지만, 묻고 싶네요. 이 대전에…… 당신이 온 이유에 대해서. 참으려고 했는데, 워낙 궁금한 건 못 참는 성격이라서."

"……."

조심스럽게 수가 말을 꺼냈다.

도모에는 수의 시선을 피해 정면에 진열된 위스키 장을 한동안 빤히 쳐다보다가 입을 열었다.

"엄마가 여기 살았어요."

"어쩐지……."

"엄마는 늘 고향을 그리워하셨어요. 이모들과 살을 부대끼며 살아가던 골목집, 포도밭에 둘러싸인 학교, 소풍 가던 산까지. 늘 저에게 빠짐없이 얘기해 주셨죠."

"……."

수는 묵묵히 경청했다.

추억.

고향.

향수.

수가 짐작할 수 없는 슬픔과 아련함이 도모에의 목소리에 배어 있었다.

"엄마는 꼭 고향으로 돌아오고 싶어 했어요. 그런데 죽어서도 그 꿈을 이루지 못했죠."

"……."

"그래서 제가 대신 온 거예요. 한국은 많이 와봤지만……

엄마의 고향을 찾아온 건 오늘이 처음이거든요."

죽음이란 말이 주는 무게감에 수는 잠시 할 말을 잃었다.

"죄송해요. 제가 괜한 걸 물어서……."

"그죠? 괜히 물었단 생각이 들죠?'

"네?"

수가 갑자기 당황했다.

도모에가 턱을 손으로 받치곤 장난스럽게 따지고 든 까닭
이다.

심각한 국면인지라 조심스러웠던 수로서는 예상지 못한
반응이다.

"죄송하고, 미안하죠?'

"네? 조, 조금……."

"그러면 노래 한 곡해요."

"지금 여기 서요?'

"싫어요? 미안하다면서요."

"……."

"내키지 않다면 돈을 지불하죠. 한 곡이면 돼요. 당신한테
꼭 듣고 싶은 노래가 있어요."

수는 망설이는 기색을 보였다.

아쉽게도 바에는 음향 시설이나 무대가 전혀 구비되어 있
지 않았다.

더구나 열악한 환경도 모자라 호텔이다 보니 양해를 구할 것도 많았다.

"죄송하지만, 돈은 안 받을게요."

"안 부르겠단 뜻인가요?"

"아뇨. 이건 제가 불러 드리고 싶기에 불러 드리는 겁니다. 일종의 호의라고 보시면 돼요."

수는 스탠드 의자에서 일어났다.

"듣고 싶은 노래가 뭐예요?"

"사모곡이요."

"사모곡이라……."

지금 세대에겐 익숙지 않은 곡이지만, 들어보면 누구나 알 만한 곡이다.

트로트의 대부인 태진아가 90년대 초에 불렀던 사모곡은 어머니에 대한 그리움에 사무쳐 부른 노래다.

당시 죽어가던 한국의 트로트계를 다시 부흥시킨 곡으로 지금도 각종 가요 프로그램을 통해서 리메이크되는 명곡이기도 하다.

'일본 노래를 시키면 어쩌나 했는데, 익히 아는 곡이군. 부르는 데 무리는 없겠어.'

따로 바텐더에게 다가간 수는 양해를 구했다.

호텔 직원은 절대 그럴 수 없다며 학을 뗐다. 모든 손님의 동의가 없이는 불가능하단 것이다.

할 수 없이 수는 바를 이용하는 손님들에게 일일이 사정을
설명했다.

이미 슈퍼스타Z를 통해 얼굴이 알려진 수였기에 그들은 쉬
이 허락을 했다.

모든 손님에게 허락을 구한 수가 바의 중앙 테이블에 자리
를 잡고 앉았다.

잠시 눈을 감고 감정을 잡은 수가 굳게 닫혀 있던 입술을
뗐다.

앞산 노을 질 때까지 호미자루 벗을 삼아
화전밭 일구시고 흙에 살던 어머니

땀에 찌든 삼배적삼 기워 입고 살으시다
소쩍새 울음 따라 하늘 가신 어머니

그 모습 그리워서 이 한밤을 지샙니다.

수는 어머니를 목 놓아 불렀다.

언제 불러도 가슴 아프고, 따뜻하며, 아름다운 단어인 어머
니를.

지금도 일터에서 고생을 하시며, 가족들을 위해 모진 삶을 이겨내는 어머니를 가슴에 담아 울부짖었다.

　"……."

　호텔 바를 이용하는 손님 모두가 눈을 떼지 못한다.

　아련한 눈길엔 귀를 통해 어머니의 따스한 체온과 그리움을 전달받고 있었다.

　무명치마 졸라매고 새벽이슬 맞으시며
　한평생 모진 가난 참아내신 어머니

　자나 깨나 자식 위해 신령님 전 빌고 빌어
　학처럼 선녀처럼 살다 가신 어머니

　우리가 알고 있는 어머니의 모습은 어떤가?

　주글주글한 주름과 고생으로 고목마냥 바짝 말라 버린 손에 굽은 허리…….

　어머니, 그녀에게도 선녀처럼 아름다운 시절이 있었거늘, 지금의 우리를 위하여 희생을 하시어 저리 늙고 마셨다.

　뼈에 사무치도록 감사해야 하는데.

　왜 우린 그러지 못하는 걸까?

　여기 모인 손님들은 잠시나마 현실을 잊고 어머니에 대한 그리움과 미안함에 눈시울이 붉어졌다.

이제는 눈물 말고 그 무엇을 바치리까
자나 깨나 자식 위해 신령님 전 빌고 빌어

학처럼 선녀처럼 살다 가신 어머니
이제는 눈물 말고 그 무엇을 바치리까?

"아! 어, 엄마."
뚝! 뚝!
도모에는 그저 말없이 눈물을 흘렸다.
아주 오래전 어머니가 즐겨 부르던 그 노래다.
그땐 저 낯선 단어들과 도모에의 환경과는 전혀 다른 한국의 생소한 문화를 담은 노랫말에 아무런 감정도 느끼지 못했다.
그래서 악착같이 한국어를 공부했다.
하지만 양국의 전혀 다른 감성은 언어를 익힌다고 해서 가슴으로 받아들일 수 있는 성질의 것이 아니었다.
그런데.
수의 노래를 듣는 순간 가슴을 딱 막고 있던 봇물이 터져 나와 버렸다.

도모에는 뼈저리게 느꼈다.

가사는 중요하지 않다.

멜로디도 중요하지 않다.

지금 목 놓아 부르는 수의 어머니라는 단어에 그저 가슴이 뭉클했다.

그간 숨죽이고 있던 어머니를 향한 그리움이 폭포수가 되어 흘러내렸다.

'죽은 엄마한테 못 다한 말을 전한 기분이야.'

아직도 감정의 여운이 가시질 않는다.

처음 슈퍼스타Z라는 프로그램을 통해 수를 보게 된 건 우연이다.

정말 우연히 듣게 된 수의 무대에서 도모에는 알 수 없는 마음의 울림을 느꼈다.

그건 이제까지 한일 양국의 가요를 들으면서 한 번도 느껴보지 못한 가슴의 진동이다.

그랬던 도모에는 일일 가이드 목록에서 수를 발견하게 됐다.

처음엔 눈을 의심했지만, 진짜 수라면 돈이 문제가 되지 않겠단 생각이 들었다.

그래서 웃돈을 주고 예매했다. 그것도 일행은 두 명이란 기준을 지키기 위해 일부러 미사오와 카오루란 가명으로 두 사람분의 예약까지 감행했다.

이거면 됐다.

저 노래를 듣는 것만으로도 어머니에 대한 사무친 그리움이 녹아내린다.

잠시나마 어머니의 따뜻한 미소를 본 것 같은 착각마저 들었다.

짝짝!

여기저기서 박수가 터졌다.

호텔을 이용 중이던 손님들도 진정으로 수의 노래에 감동한 것처럼 보였다.

수는 꾸벅 고개를 숙여 예의를 갖추곤 도모에의 옆자리로 돌아와 앉았다.

그때까지도 감정을 추스르지 못한 도모에를 보며 수가 매력적으로 웃으며 말했다.

"내 노래가 그렇게 감동적이에요?"

도모에는 대답을 하지 못했다.

한마디 쏘아붙이고 싶었지만 한 번 터져 버린 감정을 주체하기가 쉽지 않았다.

2

"아! 넘어져요."

기분 좋게 취한 도모에를 부축한 수가 객실 층까지 올라왔다.

"이거 놔요. 나 안 취했어."

"네네, 저도 안 취한 거 알아요. 그러니까 객실까지 모셔다 드릴게요."

수는 취기가 오른 도모에의 비위를 살살 맞춰주면서 객실 앞까지 끌고 왔다.

워낙 위스키를 잘 마시기에 그냥 둔 게 실수였다.

설마 반병도 채 마시지 못하고 이렇게 취할 줄이야.

수는 그녀의 팔을 어깨에 걸치고 부축한 채 물었다.

"객실 카드 어디 있어요?"

"여기…… 가방에."

상황이 상황인만큼 수는 그녀의 가죽 백 지퍼를 열어 카드를 찾아서 꺼냈다.

문고리 위 체크기에 카드를 댔다.

찰칵!

객실 문이 열리자 수는 그녀를 부축하여 침대에 고이 눕혔다.

"아, 숨 차. 죽겠네."

막 숨을 돌린 수가 객실을 빠져나갈 때였다.

저린 배추마냥 축 침대에 늘어져 있던 도모에가 상체를 세워 침대에 걸터앉았다.

그러더니 뒤쪽에서 수를 와락 안아버렸다.

"도모에 상?"

당황한 수가 놀라서 고개를 돌리려고 할 때였다.

"가지 마."

"네?"

"오늘 밤…… 같이 있어요."

"……!"

수는 순간 귀를 의심했다.

'뭐야, 갑자기? 나한테 반하기라도 한 거야?'

솔직히 잘 이해가 가지 않았다.

남녀 사이가 첫눈에 반할 수도 있는 문제다. 관계의 진도도 젊은 세대에 미루어 볼 때 첫 만남에 잠자리를 갖는 경우도 없지 않다.

'아무리 그래도 그렇지, 이건 너무 뜬금없잖아.'

다만, 수 자신이 이런 식으로 나오는 그녀의 속마음을 도저히 이해할 수가 없고 납득이 가지 않았다.

"저 많이 취했어요."

"나 안 취했어."

"내일 후회할 거예요. 어서 자요."

"돈 줄게. 얼마면 돼?"

"……."

수는 잠자코 선 채로 그녀의 눈을 직시했다.

돈이라니.

사람을 뭘로 보고.

차라리 그냥 같이 있고 싶단 말이면 흔들렸겠지만, 마치 돈으로 수를 사려고 드는 말에 기분이 썩 좋지 못했다.

"돈 많아요?"

"어."

"그럼 기부하세요. 어렵게 사는 사람 많으니까."

"……."

쌀쌀맞게 대답을 한 수가 목을 감고 있는 도모에의 팔을 풀었다.

그러곤 돌아서더니, 그녀를 부축하여 다시 침대에 눕혔다.

"쉬세요."

"너……."

도모에는 무슨 말을 더 하려고 했지만, 수는 들어주지 않았다.

쿵!

수는 그녀와 이런 식으론 엮이고 싶지 않기 때문에 서둘러 객실을 나왔다.

닫혀 버린 문 앞에 선 수는 한숨을 내쉬었다.

"모자란 놈, 굴러온 기회를 차냐?"

수는 술김에 갖는 이런 급작스런 관계는 옳지 못하단 생각
이 들었다.

돈을 언급하며 마치 잠자리를 하려는 도모에의 행위에 화
도 났다.

그랬기에 조금이나마 정신이 멀쩡한 수가 단호하게 거절
했다.

그랬는데…… 막상 나오고 나니 후회가 되었다.

"미친, 내가 왜 그랬지?"

저런 이국적인 여자랑 잘 수 있는 기회가 언제 또 있다고.

후회에 한참 동안 문을 쳐다보던 수가 아쉬움을 달래며 돌
아섰다.

3

"이상한 남자야."

침대에 누워 천장을 올려다보고 있는 도모에의 눈빛에 초
점이 잡혀 있었다.

인사불성이라고 하기에는 정신이 너무 또렷해 보였다.

그래.

도모에는 취하지 않았다.

일부러 취한 척을 한 것이다.

이유는 간단하다.

그편이 좀 더 쉽게 수와 잠자리를 가질 수 있는 방법이기 때문이다.

어렸을 적, 미국 유학 시절부터 이런 방식은 쉽게 먹혀들었다.

동양계지만 동양인답지 않은 이기적인 몸매와 키, 외모까지 보유하고 있는 통에 그녀의 노골적인 유혹을 거부하는 남자는 동서양 어디에도 없었다.

"아쉽네. 꽤 괜찮은 남잔데."

도모에의 성적인 정조 관념은 한국 여자와는 다소 달랐다.

그녀는 괜찮은 남자라면 잠자리 한 번쯤은 괜찮다는 개방적인 마인드의 소유자였다.

물론 그렇다고 아무 남자랑 잔다는 뜻은 아니다.

단지 남녀가 서로 알아가는 과정 속에서 잠자리도 데이트마냥 하나의 방식처럼 자유롭게 받아들이고 있을 뿐이다.

그랬기에 수한테 더 관심이 갔다.

왜냐고?

이제까지 어떤 남자든, 그녀가 원하면 잠자리를 가질 수가 있었다.

여자친구의 여부는 중요하지 않다.

여자친구가 있는 남자도 그녀의 유혹에 버텨내지는 못했
으니까.

수는 아니었다.

그래서 더 호감이 갔으며, 알아가고 싶었다.

딩동!

그때 벨이 울렸다.

침대에 누워 있던 도모에가 옅게 웃으면서 일어났다. 그건
승자의 미소다.

"뭐야, 다시 온 거야?"

그럴 줄 알았단 표정이다.

내심 무심하게 그리 간 수가 더 매력적으로 느껴지던 터였
다.

그런데 이리 다시 찾아오니 알게 모르게 김이 새는 느낌도
받았다.

하지만 상관없다.

그 역시 수라는 남자를 좀 더 깊이 알아가는 과정의 일환이
니까.

끼익!

"들어…… 쿠, 쿠로노 오지상(아저씨)?"

도모에는 눈앞의 검은 정장의 사내를 보며 까무러치게 놀

라고 말했다.

일본에 있어야 할 그가 지금 눈앞에 있단 사실이 믿기지 않아서다.

검은 정장의 사내는 문을 열고 객실을 안으로 들어가더니 유창한 일본어로 말했다.

"아가씨, 접니다."

"여길 어떻게 알고?"

"오야붕의 걱정이 이만저만이 아닙니다."

"아버지가 날? 걱정해 주는 척 말라고 해."

도모에는 삐딱하게 굴었다.

늘 조직의 업무로 분주한 아버지다.

그녀에겐 아무런 관심조차 없다는 걸 누구보다 잘 알고 있었다.

'어머니에게도 그랬지.'

그래.

진정 가족을 아끼고 사랑을 했다면, 그깟 조직의 안위보단 엄마의 장례식에 참석을 했어야 했다.

"가. 알아서 돌아갈 거니까."

"지금 가셔야 합니다."

"돌아가라고 했어."

도모에가 눈을 부라렸다.

검은 정장의 사내는 그 매서운 눈빛에서 조직의 보스와 참 닮은 점이 많다고 생각했다.

"죄송스럽지만, 지금 모셔가야 합니다. 스미요시카이 쪽에서 움직였습니다."

"뭐?"

스미요시카이는 일본 열도에서 두 번째로 큰 야쿠자 조직이다.

국내에는 그다지 알려지지 않았지만 일본 내에서 그 영향력이 막강할 정도로 세력과 위세가 대단한 조직이다.

"……귀국하지 마시고 타국으로 가 계시란 오야붕의 말씀입니다."

도모에는 심상치 않게 일이 돌아가고 있음을 눈치챘다.

"전쟁이 난 거야?"

끄덕.

"아버지는 무사한 거지?"

"결코 회장님의 안위에 해가 되는 일은 없을 겁니다."

"……."

꽤나 상황이 급박하게 돌아가는 모양이다.

대한민국 조직폭력배와 일본의 야쿠자는 그 궤가 분명히 다르다.

괜히 마피아, 삼합회와 더불어서 세계 3대 범죄 조직으로 꼽히는 게 아니다.

대한민국의 조직 폭력배는 공권력과 밀착은 하지만 결코 맞서지는 않는다.

하나 야쿠자는 다르다.

일본 경찰조차도 감히 섣부르게 그들을 건드리지 못했다.

그들이야말로 정말 법조차 무서워하지 않는 존재인 까닭이다.

그렇기에 상대 조직에서 어떤 식으로 도모에를 해코지할지 알 수 없는 노릇이다.

"바로 가죠."

도모에도 더는 고집을 부릴 수가 없게 됐다.

'인사도 못 하고 가야 하네.'

수와 이렇게 헤어지는 게 제법 아쉬웠지만, 어쩔 수가 없다.

인연이 있으면 또 만날 수 있지 않을까?

4

"죽인다. 이 비싼 베이컨을 무한으로 먹을 수 있다니! 이게 5성급 호텔의 조식이구나."

현승은 자그마치 세 접시를 베이컨으로 채워 배를 채웠다.

고개를 절레절레 저으며 가벼운 빵 몇 조각으로 끼니를 때운 수는 객실로 올라와 체크아웃을 마칠 모든 채비를 끝냈다.

"슬슬 부를까?"

수가 도모에가 머무는 객실의 벨을 눌렀다.

딩동!

어째서인지 아무런 대답이 들려오지 않는다. 현승이 고개를 갸웃거렸다.

"조식 먹으러 내려갔나?"

"그러게. 아무래도 엇갈렸나 보다. 일단 좀 더 기다려 보자."

두 사람은 여유를 갖고 느긋하게 기다렸다.

하지만 꽤 오랜 시간을 기다렸지만, 도모에의 모습은 어디에서도 보이지 않았다.

몇 번이고 객실을 두드리고 식당까지 뒤진 끝에 현승과 수는 프론트로 갔고, 놀라운 얘기를 듣게 됐다.

"새벽에 체크아웃하셨습니다."

"네? 체크아웃했다고요? 어디 간다는 말도 없이요?"

수와 현승은 눈을 맞추고는 깜빡였다.

너무 생뚱맞다 못해 갑작스럽게 벌어진 일에 정신을 못 차렸다.

"아! 두 분이 내려오시면 이걸 전해 드리라고 하셨습니다."

얼떨떨한 표정으로 받아 든 흰 봉투에는 두툼하게 엔화가
담겨 있었다.

일일 가이드 비용을 포함해서 어제 수가 도모에와 함께 보
낸 시간까지 계산을 했는지 묵직하리만치 두둑했다.

"그리고 이수 씨."

"네? 절 아세요?"

여직원이 싱긋 웃었다.

"슈퍼스타Z 이수 씨를 모르는 분이 전국에 얼마나 계시겠
어요."

"……."

"손님께서 이 메모를 이수 씨에게 전해 드려 달라고 하셨
습니다."

돈을 세는 데 여념이 없는 현승을 뒤로하고 수는 메모를 넘
겨받았다.

거기엔 앙증맞은 글씨체로 이렇게 쓰여 있었다.

날 거부한 첫 번째 남자.

사정이 있어서 먼저 가요.

또 볼 수 있길.

수는 잠시 메모를 보고 있다가 어젯밤 도모에의 모습을 떠

올렸다.

설마 그렇게 가버릴 줄이야.

제대로 된 작별 인사도 하지 못한 후회와 아쉬움이 들었다.

"이게 뭐야? 거부한 남자? 너 이 새끼?"

옆에서 메모를 훔쳐본 현승이 눈을 부라렸다.

수는 별거 아니었다는 말로 대충 얼버무리곤 넘겨 버리고 말았다.

두 사람 사이에 있던 일은 아무리 친구라도 털어놓기엔 조심스러웠다.

주차장에 온 현승은 공평하게 엔화를 나눴다.

"받아. 대략 7만 엔화 정도니까 환전하면 70만 원은 나올 거야."

"……."

엔화 뭉치를 건네받은 수는 기분이 묘했다.

따지고 보면 수가 한 일은 별다른 게 없었다.

인천공항에 마중을 나간 뒤, 대전 이곳저곳을 둘러보고 술 상대를 해준 게 다다.

그런데 배터리 공장에서 한 달 동안 주말 내내 죽기 살기로 일해야 만질 수 있는 돈을 벌었다니.

참 이렇게 쉽게 돈을 벌 수도 있단 게 놀라웠다.

"하루만 일하고 이 액수라니. 솔직히 짭짤하지 않냐?"

"현승아."

"응?"

"난 그만하련다."

차문을 열던 현승이 멈칫 서서는 수와 눈을 맞추고 섰다.

"그만두다니?"

"내 적성에 안 맞아."

"야! 속인 건 미안한데, 어디 가서 이만한 돈 벌기가 쉬운 줄 아냐? 좀만 참고 쭉 해보다 보면……."

현승의 설득에 수는 고개를 저었다.

"아니. 안 해."

"이수!"

"찬물 더운물 가릴 처지 아닌 건 아는데. 이건 좀 아닌 거 같아."

현승은 단호한 수의 표정에서 절대 꺾을 수 없는 고집을 느낄 수가 있었다.

죽마고우라고 말할 수 있을 만큼 적지 않은 시간을 함께 보낸 현승이었기에, 저렇게까지 말하는 수를 설득할 수 없단 것도 잘 알고 있었다.

"으이구, 고집불통. 알았어, 인마. 더는 같이하자고 안 하마."

결국 설득을 포기한 현승.

수는 미소로 이해해 줘서 고맙다는 말을 대신했다.

"처웃긴."

"그럼 욕이라도 해주랴?"

"시끄러우니까, 타."

차에 타기가 무섭게 현승이 엑셀을 밟았고, 두 사람을 태운 차는 금세 주차장을 빠져나갔다.

수는 차창 밖에 펼쳐진 낯선 대전 유성의 거리를 보며 도모에를 떠올렸다.

'좀 더 알고 싶은 여자였는데……'

턱없이 짧은 일정의 여행.

함께한 시간도 그리 길지 않았지만, 어째서인지 수에겐 가슴에 오래도록 남을 것 같은 시간이었다.

Chapter 6

1

기말고사가 끝났다.

아직 성적이 나오지는 않았지만 장학금을 노려볼 만큼 긍정적이진 못하다.

후회가 남지 않을 만큼 열심히는 했다지만 시험기간 내에 일일 가이드 아르바이트를 한 만큼 남들보다 공부 시간이 부족했다.

하지만 수는 크게 개의치 않았다.

당장 장학금을 받는다고 해도 2학기에 바로 수강을 할 만큼 집안 형편이 좋지 못한 까닭이다.

'우선 한 학기 정도 휴학을 하고 준의 빚을 갚아야 해.'

집안의 가장이자 형으로서 안타깝지만 그래야만 했다.

엊그제 동생 준도 퇴원을 했다.

다행히 더 늦기 전에 염증을 잡을 수 있어서 생활에 큰 무리는 없다고 했다.

근 한 달 가까이 병원 신세를 진 준도 이번 학기를 포기하고 말았다.

수업료를 통째로 날린 격인지라 준은 고개를 들지 못했다.

거기에 사채 빚으로 부모님과 수에게까지 큰 민폐를 끼친지라 염치가 없었다.

"나 입대 신청했어. 영장 나오기 전까진 과외만 죽기 살기로 하려고."

그러지 말라고 부모님께서 뜯어말렸지만 준의 요지부동이다.

어차피 군대는 가야 한다면서, 그럴 거면 그때까지 정신 차리고 빚을 갚는 데 주력하고 싶다고 했다.

결국 아버지는 택시 운전으로, 준은 과외로 빚을 갚기 위해 발 벗고 나섰다.

엄마는 최선을 다하여 그런 아버지와 준의 식사, 빨래 등을 챙겨주며 백업을 했다.

"나도 뭔가를 해야 할 텐데……."

수도 도움이 되고 싶었다.

이제 방학이다.

시간적으로 널널한 시기다.

갚아야 할 빚이 많은 만큼 가족이 똘똘 뭉쳐서 이겨내야 한다고 생각했다.

하나 가족들은 수까지 나서길 바라지 않았다.

특히 괜한 짐을 지웠단 생각에 동생 준이 극구 만류했다.

"형까지 그러지 마. 내가 과외 한 타임 더 뛰면 해결될 문제야. 형은 형이 하고 싶은 일 해."

"됐거든? 이자가 얼만데. 하루라도 빨리 다 갚아버리는 게 나아."

준은 끝내 수의 뜻을 꺾지 못했다.

그리하여 수는 일자리를 찾기 위해서 유일하게 허락된 천국, 알바천국에 접속했다.

요모조모 가리지 않고 괜찮은 일자리가 있나 꼼꼼하게 뒤졌다.

하나 쓸 만한 아르바이트가 보이지 않았다.

"하! 방학이라 그런가? 아르바이트 구하는 것도 마땅치 않네. 시급이 괜찮은 데는 좀 있는데, 거리가 너무 멀어서 새벽에 오려면 택싯값이 더 깨질 거 같고."

현실적인 부딪침에 수는 막막했다.

마음 같아선 한비아 사장한테 연락을 해서 다시 별과 밤에서 라이브 무대 가수로 뛰고 싶은 심정이다.

'제길, 그놈의 제약이 뭔지.'

계약서에 기재에 걸린 음악 활동 제한이라는 조항이 수를 강하게 옭아맸다.

가장 잘할 수 있는 것을 할 수 없기에 입는 손해가 이만저만이 아니었다.

"어? 이게 뭐지?"

축 처진 어깨로 알바천국을 뒤적거리던 수가 특이한 아르바이트 모집 공고문을 발견했다.

"방문바둑교육 교사 모집?"

눈길을 끄는 게시물을 수가 클릭했다. 이윽고 창이 바뀌더니 공고 게시물이 떴다.

대한민국 최초 방문바둑교육, 임 선생 바둑에서 함께할 교사를 모집합니다.

부문 : 바둑 방문 교사.

학력 : 고등학교 졸업.

기력 : 중급 이상.

나이 : 제한 없음.

1. 임 선생 바둑은 1:1 가정방문 바둑 교육 프로그램입니다.

2. 임 선생 바둑은 가정방문 전문 교재로 진행을 합니다.

3 임 선생 바둑은 아이의 연령과 수준에 맞는 교육 프로그램을 진행합니다.

4. 임 선생 바둑은 바둑학과 석사진과 유명 여류 프로기사들의 자문과 교육으로 운영됩니다.

"방문바둑교육? 이런 게 있단 말이야?"

수는 공고문을 읽어 내려가는 내내 놀라움을 감출 수가 없었다.

수는 어렸을 적 할아버지의 손에 이끌려 바둑 학원에 등록했었다.

그 당시에는 오직 학원이나 도장을 통해서만 바둑을 배울 수가 있었다.

하나 시대가 바뀌면서 워낙 어린 나이부터 과외나 여러 학원을 다니는 아이들이 늘어나고 있었다.

그 결과 시간 절감 차원에서라도 이런 식의 방문 바둑 교육이 늘어나고 있는 추세였다.

수는 특히 바둑학과를 통해 전문적으로 바둑의 교육과 보급을 배운 이들과 현역으로 활동하는 여류 프로기사들이 체계적으로 회사를 운영한단 사실이 새삼 대단하게 느껴졌다.

"특이하긴 한데…… 보수는 어느 정도 되려나?"

가장 중요한 요소다.

수는 공고문을 한 글자도 빼놓지 않고 탐독했으나, 명확히 보수에 대한 내용은 보이지 않았다.

보수와 관련된 유일한 항목은 교사 수익 안내에 대한 부분이었다.

30분 수업 월 회비 7만 원이며, 교수 수익은 ~85%.

40분 수업 월 회비 8만 원이며, 교수 수익은 ~85%.

50분 수업 월 회비 9만 원이며, 교수 수익은 ~85%.

"이거 아무래도 영업과 관련이 있는 거 같은데?"

사회 경험이 많지는 않았지만 수는 공고에 실리지 않은 교사의 역할에 대해 금세 파악을 했다.

교사 수익 부분에 대해서 명확하게 선을 그어놓지 않은 것으로 미루어 볼 때, 회사 차원에서 할당해 주는 고객에 한 해서는 수익 비율이 적을 것이다.

반대로 교사가 개인적으로 영업을 통하여 유치한 회원에 한해서는 교사의 수익 비율이 높을 거라고 짐작이 갔다.

"이거 좀 애매하네. 막상 시작했다 회원 유치를 못하면 말짱 도루묵이잖아?"

수의 입장에선 꽤나 신경이 쓰이는 부분이다.

솔직히 젊은 게 벼슬이라고, 무리해서 배터리 공장이나 공사판 일을 할 경우 제법 쏠쏠한 하루 일당을 벌 수 있다.

공장이나 공사판이 몸이 힘들기는 하지만 어찌 보면 안정적인 일인 셈이다.

그걸 포기하고 영업까지 두루 해야 할 이 일을 시작해야 할지 고민이 되었다.

수의 고민은 그리 길지 않았다.

"길게 보자. 이왕이면 내 재능을 발휘해서 돈을 버는 편이 좋잖아? 어차피 2학기에 휴학계를 내야 한다면 장기적으로 할 수 있는 일을 찾는 편이 나을 거야."

결단을 내린 이상 망설일 이유는 없었다.

수는 다시 한 번 공고에 적힌 모집 요강을 빠짐없이 읽었다.

"딱히 커트라인에 걸리는 사항도 없고. 이력서라도 보내보자."

수는 컴퓨터 바탕화면에 저장되어 있는 이력서 파일을 클릭했다.

2

다음 날 연락이 왔다.

이력서를 통과했으니 면접을 보라는 얘기였다.

수는 최대한 말끔하게 옷을 차려입었다.

명색이 면접인만큼 정장까지는 아니더라도 면바지에 셔츠 정도는 챙겨서 입었다.

지하철을 이용하여 사무실이 있는 서초구 강남대로로 갔다.

스마트폰을 이용하여 미리 알아둔 약도로 어렵지 않게 사무실에 도착했다.

"여기구나."

임 선생 바둑교실이라는 공고가 떡하니 붙어 있는 사무실 앞에서 수는 숨을 골랐다.

그 큰 생방송 무대에서도 떨지 않았던 수였는데, 당락을 결정할 면접을 앞두고 살짝 긴장이 되었다.

심호흡을 하곤 문을 열고 사무실로 들어섰다.

"실례합니다."

거창한 타이틀만큼이나 사무실도 무척 컸다.

내부에 들어서자마자 깔끔하게 나뉜 부서별로 꽤나 많은 직원이 바삐 움직이고 있었다.

사업운영실, 마케팅실, 전략기획실 등 꽤나 체계적으로 운영이 되는 모양새였다.

'저 사람들이 방문교사인가?'

수는 안쪽 소파에서 삼삼오오 모여 있는 사람들을 주시했다.

긴장한 수와 달리 편안한 자세로 떠들고 있는 그들에게서 방문교사의 느낌이 물씬 풍겼다.

"어떻게 오셨는지?"

수를 본 여직원 한 명이 걸어 나왔다.

"면접 보러 왔는데요."

"아, 이쪽으로 오세요."

수는 그리 말하면서 좌우를 빠르게 훑어봤다.

좀 더 많은 면접자가 있을 거란 예상과 달리 사무실을 방문한 사람은 수밖에 없었다.

"면접은 저 혼자 보는 건가요?"

"네."

"다른 분들은?"

"지원자 분들이 그리 많지 않아서요."

수는 그러려니 하고 고개를 끄덕였다.

아무래도 프로 바둑기사가 아닌 이상 바둑을 직업으로 삼는 이는 드물 수밖에 없었다.

그때였다.

앞서 걸으며 힐끔힐끔 수를 보던 여직원이 조심스럽게 말문을 열었다.

"저 혹시 슈퍼스타Z에 나왔던 이수 씨 아니세요?"

아!

역시 알아보는구나.

면접을 위해 모자를 쓰지 못한 까닭이라 그녀는 쉽게 알아챘다.

"네, 맞습니다."

"진짜 맞죠? 대박. 가실 때 사인이랑 사진 한 장만 같이 찍어도 될까요?"

"어, 얼마든지요."

이제는 익숙해질 법도 하건만, 직원의 요청에 수는 어색하게 응했다.

안내를 받아 도착한 곳은 전략기획부서 실장실 앞이었다.

똑똑.

여직원이 노크를 하며 말했다.

"실장님, 면접 보러 오셨습니다."

"들어보내세요."

수락이 떨어지자 여직원이 친절히 문까지 열어주며 들어갈 것을 권했다.

수는 어색한 미소로 호의에 감사를 표하며 실장실로 들어갔다.

"잘 오셨습니다, 거기 앉으시죠."

기획실장은 서른 중반의 제법 젊은 사내였다. 이마 너머로 앞머리를 넘긴 그는 서글서글한 눈매에 무척 인상이 좋아 보였다.

"기획실장 오만석입니다."

그는 명함을 건넸다.

명함을 받아 든 수가 얼른 지갑에 넣었다.

"이력서를 보고 깜짝 놀랐습니다. 슈퍼스타Z 생방송 무대 진출자시라고요?"

"아, 네."

"TV를 잘 안 봐서 몰랐는데, 검색을 해보니 진짜더군요. 놀랐습니다."

참 이럴 때마다 수는 난감했다.

고작 몇 번의 방송 출연으로 어디에서든 수를 알아보는 게 신기하면서도, 사람들의 시선이 못내 부담으로 다가왔다.

"이미 기력이라거나 지원 동기 같은 대략적인 사항은 이력서로 확인을 했다 보니, 면접이라고 해봐야 특별히 봐야 할 부분은 없습니다."

"네? 그, 그런가요."

면접이라고 해서 꽤나 긴장을 했는데 별다른 질문이 없자 수는 당혹스러웠다.

그런 마음을 아는지 오만석 실장이 씨익 웃었다.

"저희 회사에서 교사를 채용할 때 가장 중요하게 보는 게 인성이거든요. 아무래도 아이를 가르쳐야 하다 보니 성격이 중요하죠."

"아."

"그런 측면에서 볼 때, 이미 슈퍼스타Z를 통해 어느 정도 성격이 짐작 가능하기 때문에 크게 걸리는 부분이 없단 겁니다."

"그러시구나."

수는 처음으로 방송 출연 덕을 본 것 같았다.

늘 짐처럼 여겼는데 그래도 오늘은 기분이 썩 나쁘지 않았다.

"축하해요, 합격하셨습니다."

"네? 네…… 벌써요?"

"굳이 질질 끌 필요 있나요. 책임감 갖고 열심히 일해주실 분이면 족하죠."

"……."

너무 일이 술술 풀리는 통에 수는 멍했다.

정말 이대로 가도 되는가 도리어 사서 걱정이 들 정도였다.

"밖에 나가시면 우리 부서원이 교육과 회원 유치, 홍보, 배정 등을 도와주실 거예요."

"네, 열심히 하겠습니다."

"또 봐요, 우리."

서글서글한 인사를 끝으로 수는 실장실을 나섰다. 그러자 기다렸다는 듯 기획부서 남자 직원이 수를 대동하고 회의실로 이동했다.

"고용계약서에 서명을 하기 전에 몇 가지 사항에 대해서 일러 드릴게요."

직원은 수가 궁금해하던 사항에 대해서 하나하나 짚고 넘어갔다.

우선 나흘간 사무실에 출근을 해서 방문을 위한 기본적인 교육을 받아야 한다는 점과 수가 예상했던 대로 유치한 회원일 경우 최대 회비의 85%까지 보장한다는 내용이 주된 골자였다.

'그러니까 내가 회원을 데려올수록 좋다는 건데, 이거 어째 느낌이 다단계 같네.'

물론 그 맥락은 전혀 다르지만, 영업에 대한 경험이 아주 없는 수는 그런 착각이 들기도 했다.

그 외에도 주의할 점에 대해 숙지를 하고 난 다음에야 수에게 선택권이 주어졌다.

당장 고용계약서에 서명을 하든지, 좀 더 말미를 갖고 고민을 해보고 서명을 하란 제의였다.

"지금 바로 하죠."

수는 고민하지 않았다.

생각이 많으면 원래 사람이 망설이게 마련이다.

무식하게 보일지 모르지만, 이미 결심을 한 이상 무조건 직진이다.

3

"방문바둑교육?"

모처럼 한자리에 모인 가족들은 수의 취직 소식에 눈을 깜빡였다.

음악적인 활동이 제약된 건 알고 있었다.

하지만 전혀 예상치도 못했던 방문바둑교육을 할 거라곤 누구도 생각지 못했던 까닭이다.

"내일부터 교육 받으러 가요. 나흘 정도 받고 나서 본격적으로 시작할 거 같아요. 당장은 보수가 낮지만, 좀 더 지나면 나아질 거고요."

생소한 직업에 걱정스러워하는 부모님을 수가 좋은 말로 안심시켜 드렸다.

"아무렴, 우리 아들이 하는 일인데 어련히 잘하겠지. 다만…… 이 부모가 못나서 너한테까지 짐을 지게 해서 미안하구나.”

“미안해, 형. 나 때문에.”

갑자기 분위기가 가라앉자 수가 애써 밝게 행동했다.

“다들 뭐야, 난 좋아서 하는 일이라고. 그러니까 그런 말 마요. 가족끼리 뭐가 미안해.”

“그래도……”

준이 미안해 죽겠다는 표정으로 말을 흐렸다.

“그만. 더 그러면 형 화낸다?”

“……”

“우리 아들 듬직하네.”

엄마는 어느새 부쩍 성장해서 듬직해진 수의 엉덩이를 두드렸다.

수가 깜짝 놀랐다.

“엄마!”

“네 어렸을 땐 맨날 두드려졌어. 잠자코 있어, 이것아.”

“진짜.”

“하하, 하여간 우리 엄마는 못 말린다니까.”

그간 메말라 있던 웃음소리가 정말 오랜만에 거실에서 울렸다.

엄마는 이 분위기가 가는 게 싫은지 전기 불판을 꺼내더니 삼겹살을 굽기 시작했다.

평소 말수가 없으셨던 아버지께서는 손수 담그신 술을 꺼내어 안주를 곁들여 드셨다.

정말이지 행복한 시간이다.

또한 언제까지고 이 행복이 지속됐으면 하는 바람이 들었다.

분위기가 무르익을 무렵, 엄마가 말문을 열었다.

"수야, 요새 아름이가 안 보이는구나?"

"그게……."

수는 잠시 말을 망설였다.

아무래도 생방송 무대를 거치면서 엄마는 아름에게 적잖은 정이 든 모양이다.

하긴, 아들 둘만 키우는 입장에서 여우같고 예쁜 짓만 골라서 하는 아름이 엄마의 입장에선 사랑스러운 딸처럼 느껴졌을 것이다.

"엄마도 참, 형이 알아서 하겠지. 그런 거 묻는 거 아니라니까."

그간 심상치 않은 기미를 느끼고 있던 준이 은근이 눈치를 줬다.

잠자코 듣기만 하던 아버지도 나서서 거들었다.

"그만해. 애들 일에 뭔 간섭이야?

"궁금하니까 그러지! 내가 못 물을 걸 물었니?"

엄마도지지 않고 눈을 부라렸다.

"왜 요새 둘 사이가 서먹해?"

수는 어떻게 해야 하나 잠시 고민했다.

어디서부터 얘기를 꺼내야 할지 막연한 까닭이다.

'속 시원하게 털어놓자. 괜히 질질 끌어봐야 좋을 게 없어.'

어차피 알게 될 거라면, 조금이라도 일찍 말씀드리는 게 낫단 생각이 들었다. 물론 해서 될 말과 해서는 안 될 말은 철저히 구분했다.

"헤어졌어."

"그게 정말이니?"

"네."

"어쩌다가?"

"안 맞는 부분이 있었어요."

수는 대충 얼버무렸다.

따지고 보면 정식으로 교제한 입장도 아니었다. 굳이 붙일 만한 헤어질 이유도 없었다.

"걔 참 마음에 들었는데……."

엄마는 진심으로 아쉬워하는 눈치다.

그간 수의 생방송 무대를 쫓아다니면서 딸처럼 굴던 아름의 모습이 눈에 아른거리던 모양이다.

"형이 조만간 더 나은 여자 데려오겠지. 그러니까 엄마도 그만!"

준의 중재로 그쯤에서 아름에 대한 이야기는 마무리가 되었다.

수는 괜한 거짓말로 엄마를 실망시킨 것 같아 죄송스러웠다.

하지만 달리 생각해 보면 정이 더 깊게 들기 전에 이쯤에서 관계를 밝히고 청산을 했다는 게 다행이란 생각도 들었다.

나름 즐거웠던 저녁 식사가 끝났다.

약주를 드신 아버지는 뉴스를 보시며 조시다가 안방으로 들어가셨다.

엄마는 부엌에서 남은 뒷정리를 끝내고 나서야 거실에서 드라마를 시청했다.

방으로 돌아온 준과 수는 모처럼 못 다한 대화를 주고받았다.

"형."

"왜?"

"내가 바둑 배울 만한 애들 있나 알아봐 줄까?"

"아는 사람 있어?"

수가 눈을 깜빡이며 되물었다.

주로 13세 이하의 아이들이 방문바둑교육의 대상이다. 입시를 앞둔 고등학생을 주로 대상으로 하는 준의 과외생과는 겹치는 부분이 없었다.

"그…… 과외생 중에서, 동생들이나 근처 아주머니 중에서 바둑에 관심을 갖는단 얘기가 있었거든. 형도 알잖아, 바둑이 사고에 좋다 어쩐다 해서 엄마들이 조기교육으로 선호하는 거."

"그렇긴 하다만……."

"확실한 건 아니고, 알아본다는 거야."

준의 배려에 수가 웃으며 어깨를 두드렸다.

"그래, 신경 써줘서 고맙다."

"나야말로 고맙지."

형제간의 우애를 확인한 수는 의자를 빼고 컴퓨터 책상 앞에 앉았다.

잠이 들기엔 이른 시간이다 보니 인터넷 바둑이라도 한 판 두고 잘 요량이었다.

바탕화면 아이콘을 클릭하고 바둑 대국 사이트 화이트잼에 접속했다.

"어디 대국 상대를 찾아볼까?"

수가 막 자동대국신청 버튼을 누르려던 때였다.

띠리링!

누군가가 수보다 앞서서 대국을 신청했다.

덕분에 대국 상대를 찾을 시간을 아낀 수가 수락 버튼을 누르려던 때였다.

"뭐, 뭐야 9단?"

수는 눈을 비비며 다시 확인했다.

(아마 9단 강 사범님의 대국 신청을 승낙하시겠습니까?)

정말 놀랄 노자였다.

수로서는 심심풀이로 접속하여 가끔 한 판씩 두는 게 다였다.

그런데 어째 만나는 상대의 기력이 매번 천정부지로 올라가는지 이해가 가지 않았다.

"9단이면 대국 사이트 최고 고수인 셈이잖아?"

단순히 취미 생활처럼 즐기고 있는 바둑 대국이지만 9단이 상대라면 경우가 좀 달랐다.

화이트잼 내에서도 9단은 좀 특별한 경우다.

9단부터는 대국이 시작되면 대기실에 접속해 있는 모든 접속자에게 알림창이 뜬다. 9단이 대국을 시작했으니 관전을 하란 것이다.

그만큼 9단의 위용은 화이트잼 내에서 독보적인 위치에 있다.

"왜 하필 나한테 대국을 신청한지는 모르겠지만, 굳이 마다할 이유는 없잖아."

예전 아마 8단 거기누구가 대국 신청을 했을 때는 불편한 기분이 들었었다.

수준 낮은 상대를 골라 괴롭히려는 것 같았기 때문이다.

하지만 9단이면 아무래도 느낌이 다르다. 사이트 내 최고수의 지명인 것이다.

이런 기회가 많을 리는 없었다.

수는 고민하지 않고 승낙 버튼을 눌렀다.

4

벽장에 진열된 피규어, 프라모델과 만화책. 싱글 침대에 널브러져 있는 과자 부스러기와 빈 음료수 캔까지 한눈에 보기에도 소년이 거주하고 있을 거라고 짐작되는 방 안 풍경이다.

특이한 점이라면 요새 애들답지 않게 침대 바로 옆으로 바둑판과 엎어진 바둑 기보 책자가 놓여 있다는 것에 있었다.

"오 마이 갓! 진짜 강 사범님이잖아?"

모니터에 출력된 인터넷 바둑 화이트잼 대기실을 뚫어져라 쳐다보고 있던 정현우는 심장이 두근두근 뛰는 걸 느꼈다.

지금 막 흰여울에게, 연구생 1조의 사범을 맡고 있는 강훈

8단이 대국을 신청한 까닭이다.

두 사람의 정면 대결에 들뜬 정현우가 어딘가에 전화를 걸었다.

─오밤중에 웬 전화질이야?

짜증이 섞였지만 정겨운 수화기 너머의 목소리 주인공은 같은 연구생 1조에 포함되어 있는 경쟁자이자 친구 김대희였다.

"야! 지금 당장 화이트잼에 접속해!"

─귀찮아. 나 졸려. 잘 거야.

"어서, 인마! 지금 강 사범님이랑 흰여울이랑 붙었다고. 어? 어! 강 사범님이 덤 없이 백을 집으셨다."

─진짜? 시작했어? 그걸 왜 이제야 얘기하는데! 지금 바로 접속한다.

정현우는 두근거리는 마음을 뒤로하고 뚫어져라 바둑판을 응시했다.

"과연 누가 이길까? 강 사범님이 질 거란 생각은 안 들지만…… 흰여울은 뭐랄까, 다음 수를 예측할 수 없는 기대감이 생기니까."

섣부른 예측은 금물이다.

바둑에 절대라는 말은 없으니까.

정현우는 손에 땀을 쥐게 될 이 승부를 끝까지 지켜보리라

다짐했다.

5

싸늘하다.

심장에 비수가 날아와 꽂힌다. 하지만 걱정 마라. 손은 눈
보다 빠르…….

탁!

수는 유명 영화의 명대사마냥 바둑판 위의 한곳을 마우스
로 클릭했다.

흑돌이 놓이며 대략적인 조화를 이룬 포석의 큰 그림이 그
려졌다.

"강해."

포석은 바둑의 첫발, 겨우 기본적인 조율을 거치는 작업이
다.

아직 바둑판에 여백이 많고, 집으로 발전시킬 여지가 충분
하다.

때문에 별다른 마찰 없이 흑과 백이 조화를 이룬 것처럼 보
인다.

눈에 보이는 형국은 그러하단 의미다.

"9단은…… 9단이라 이건가?"

수는 대국을 두며 처음으로 숨이 막히는 기분을 받았다.

평화로워 보이지만, 그 이면을 열어보면 전혀 그렇지 않았다.

백에게 양보는 없다.

타협도 없다.

강수이면서도, 유연하다.

이보다 더 나은 수가 있을까 싶을 정도로 최상의 수다.

한 수, 한 수가 모두 그다음 수와 다른 가능성을 염두에 둔 수들이다.

불과 30수도 두지 않았지만, 확실히 알 수 있다.

이자는 강하다.

이전에 상대했던 거기누구와 춤추는 나무도 강했지만, 그 두 사람보다 최소 두 수 내지 세 수 이상의 고수가 틀림이 없다.

"형, 나 먼저 잔다."

"어. 자."

수는 뒤조차 돌아보지 않았다.

불을 끄고 잠이 드는 준에게 잠시 시선을 돌리는 것조차 사치라고 여겨질 만큼 일진일퇴의 공방이 이어지고 있었다.

'복잡한 국면이야. 포석이 끝났다곤 하나 어느 하나 안정된 곳이 없어.'

현재의 바둑판은 몹시 평화롭다.

흑과 백은 서로의 세력을 이루며 남의 것을 탐내지 않고 있다.

비록 약한 돌이 있다곤 하나, 서로가 조화롭게 터치하지 않는다.

폭풍전야(暴風前夜).

폭풍이 불기 전 날씨는 굉장히 맑고 화창하게 마련이다.

지금의 국면이 딱 그랬다.

누가 먼저 칼을 뽑아 들지는 모르겠으나, 곧 있으면 서로의 목을 노리고 공격이 시작될 것이다.

'눈 깜짝할 사이에, 이 바둑판 전체가 아수라장으로 변해 버리겠지.'

조화를 이룬 것 같지만, 일목요연하게 뜯어보면 흑과 백 양쪽 모두 약점이 많다.

아직 살아 있지 못한 대마들이 여기저기 난립해 있다. 그만큼 변수가 생길 곳이 많다는 의미다.

그러면 싸움을 벌이기 전에 먼저 보완을 할까?

좋지 않다.

한 수를 보강한다고 해서 끝날 판이 아니다.

오히려 그로 인해 뒤처진 한 수가 빙산을 타고 내려오는 눈덩이마냥 순식간에 불어나 걷잡을 수 없는 지경까지 내몰 가능선이 크다.

전투는 기정사실인 것이다.

찌릿!

수는 손에 밴 땀조차 의식하지 못할 만큼 집중해 있었다.

등골을 타고 알 수 없는 짜릿함이 퍼졌다.

이거야말로 진짜 대국이다.

최선의 한 수를 추구하면서, 양보와 물러섬이 없이 자웅을 겨룬다.

탁!

백이 착점했다.

아주 사소해 보이는 젖힘이다.

바둑의 격언 중에서 두 점 머리를 두드려라라는 말이 있듯이 기세로 보면 능히 둘 수 있는 점이다.

하나 수는 그런 간단한 시선으로 보지 않았다.

이 한 수가 불러올 폭풍을 알기 때문이다.

'기세 문제가 아니야. 나한테도 물러설 곳은 없어. 끊고 싸운다.'

고민 끝에 수가 착점했다.

탁!

백의 젖혀진 수를 끊어버렸다.

"……."

적막이 흐른다. 백도 쉬이 응수를 타진하지 못하고 장고를 한다.

바둑판 위가 한순간 전쟁터로 돌변했다.

6

"야, 봤냐? 지금 둔 수?"

—어. 소름 끼친다.

정현우와 김대희는 실시간으로 관전을 하면서 전화 통화를 끊지 않았다.

전화비 따위의 문제를 떠나서, 지금 이 대국에 대한 이야기를 주고받지 않고서는 그들의 호승심과 호기심이 사그라지지 않을 것 같았다.

"옆에 관전자 수 좀 봐봐, 장난 아니야. 벌써 200명 돌파했어."

그 말 그대로다.

9단의 대국은 대기실 맨 위에 뜨는 것과 동시에 알림으로 대기 회원들에게 알려준다.

기력 향상을 위해서라도 고수들의 대국을 관전하는 건 긍정적으로 작용하기 때문이다.

—쩐다. 죄다 7단 이상이야. 이 사람들도 어렴풋이 눈치챈

거지. 지금 대국하는 두 사람의 기력이 아마추어 수준이 아니라는 걸.

고수는 고수를 알아보는 법이다.

화이트잼의 7단이나 8단들은 프로와 두더라도 접바둑 세 점 이내로 두게 된다.

그만큼 그들의 실력이 프로와의 갭이 크지 않단 뜻이기도 하다.

―내가 뭐랬어? 장난 아니라고 했지? 흰여울, 프로가 맞아.

"하긴, 사범님하고 이렇게 대등하게 둘 정도면 프로일 수밖에 없긴 한데……."

정현우는 동조를 하면서도 이내 불편한 마음을 지우지 못했다.

그것이 사실인지 아닌지 구분은 할 수 없지만, 이전에 수가 자신에게 한 말 때문이다.

흰여울 : 잘 두었습니다.

거기누구 : 프로예요?

흰여울 : 프로 아니에요.

거기누구 : 거짓말. 뻥치지 마요.

흰여울 : 잘 됐습니다. 수고하세요.

거기누구 : 잠깐만요. 진짜 프로 아니세요? 아니면 연구생?

〈흰여울 님이 퇴장하셨습니다.〉

아직도 그날의 대화가 선명하게 뇌리에 남아 있다.

흰여울은 정말 프로가 아닌 것처럼 대꾸했으며, 귀찮다는 듯이 대국실을 나가 버렸다.

"대희야."

─왜? 말 걸지 마. 집중해서 관전 보니까.

"만약에 말이야, 이거 진짜에 만약인데……."

정현우는 쉬이 말을 잇지 못하고 흐렸다.

자꾸 방해하는 게 짜증이 났는지 김대희가 짜증을 부렸다.

─뭔데, 할 말 있으면 어서 해!

"흰여울이 프로가 아니고 우리와 같은 원생이고 아마라면……."

─뭐?

"앞으로 평생 우리의 앞을 가로막을지도 모른단 생각이 든다."

─…….

두 사람 사이에 침묵이 감돌았다.

Chapter 7

고요하다.

바둑판 위의 돌들은 평화롭게 자기 자리를 지키고 있다.

하나 모니터에 빨려 들어갈 듯 생각에 잠긴 수는 평화로울 수가 없다.

'틈이 없는 수읽기야.'

수는 질릴 듯이 번잡하게 벌어지는 전투에 입안이 바싹바싹 타들어갔다.

하변에서 시작된 전투는 상변의 대치, 우변의 대마 몰아가기 등 다른 전황과 연루되어 치열한 혈전으로 돌변했다.

잡아먹히든가.

잡아먹든가.

이미 흑과 백 모두 돌아올 수 없는 강을 건넌 뒤였다.

'요행을 바라선 곤란해.'

상대의 기력은 측정 불가능한 무한의 강함이다.

실수 따위는 생각해 볼 수도 없고, 기대조차 무의미할 것이다.

그렇다고 타협을 요구하기엔 이미 늦었다.

'찍어 눌러야 해.'

답은 하나다.

정면 돌파.

힘으로 상대를 제압하고 압도하는 게 최선이다.

"후아! 후아!"

수는 크게 심호흡을 하고 장고에 들어갔다.

당장 급급한 수를 두어서는 결코 이길 수가 없다.

승리하기 위해서는 좀 더 큰 국면을 보고 읽어야만 한단 생각이 들었다.

'흐름을 봐야 해. 앞으로 벌어질 상황을!'

수는 차근차근 생각에 잠겼다.

그 어떤 바둑 격언도 떠오르지가 않는다.

차근차근 일어날 수 있는 경우의 수와 가능성을 열어두고

백의 입장에서 생각해 본다.

과연 백이 원하는 건 뭘까?

이 싸움에서 백은 어떻게 승리하려고 할까?

'수가 날 수 없는 모양이다. 하지만 왜지? 분명 방도가 있을 거란 생각이 자꾸 들어.'

수의 본능이 꿈틀거린다.

그것은 도박사, 승부사가 말하는 감이다.

냄새를 맡고, 물어뜯어야 할 때를 알며, 나아가야 할 시기를 본능적으로 깨닫는 것이다.

세계를 제패한 프로 겜블러는 말한다.

포커는 확률이라고.

그러나 때론 확률을 뛰어넘는 승부사의 자질을 타고나야만 세계최고의 자리에 오른다고.

과거 세계 바둑을 제패했던 명인도 그리 말했다.

치밀하고 완벽한 바둑이라 할지라도 허점은 존재한다고.

단지 발견하지 못했을 뿐.

그 허점을 꿰뚫는 자가 자신에게서 타이틀을 가져갈 적임자라고 말이다.

수는 차분하게 판을 다시 보았다.

놓쳤던 부분이 있나?

아니면, 앞으로 벌어질 전투에서 우위를 점할 방법은 없을까?

"어? 어!"

수의 눈이 부릅떠졌다. 자기도 모르게 육성으로 놀라움이
터져 나왔다.

보였다.

순간적으로 수에게 한 수가 보였다.

저게 정말 가능할까?

악수인데.

의미 없는 허수로 패배를 자초할 수 있는데.

수는 고개를 획획 저었다.

편견에 사로잡힐 필요는 없다.

져도 상관없지 않은가?

어차피 상대는 수보다 더 강자인데.

가능성을 열어두고 다시 생각에 잠겼다. 차츰 수읽기에 돌
입한 수의 얼굴에 화색이 감돌았다.

몇 번이고 되새김질을 하며 수를 읽었는데 정곡을 찌르는
맥임에 점점 확신이 섰다.

"둔다."

수는 승부를 걸기로 결심을 했다.

탁!

드디어 착점이 이뤄졌다.

2

"거길 붙여?"

—실수한 거 같은데?

실시간으로 관전하며 통화 중인 김대희와 정현우는 살짝 의아해했다.

척 보기에도 악수다.

쓸모없는 수다.

지금 급한 것은 쫓기고 있는 대마의 사활이다.

이 한 수로 대마의 생사는 더 불분명해졌다.

강훈 8단은 그러한 빈틈을 놓칠 만큼 호락호락한 사람이 아니다.

"수가 없어. 이건 끝났네."

—그러게. 잘 두다가 왜 저기다 뒀지?

도무지 이해가 가지 않는 수다.

혼자 생각에 너무 빠진 나머지 앞서 둔 단 한 수가 그만 판의 전체적인 국면을 돌이킬 수 없을 만큼 최악의 구도로 몰아넣고 말았다.

아니다 다를까, 실시간 관전을 하고 있던 관전자들도 채팅창을 통해 한마디씩 보냈다.

남는대 7단 : 이건 좀…… 한 수 무르심이.

제갈공명 8단 : 아쉬운 수.

연화 4단 : 게임 끝난 듯.

저마다 이 대국에 기대를 안고 흥미진진하게 관전을 하던 입장이었다.

그래서인지 모두 이 한 수로 전세가 뒤바뀌는 게 못내 아쉬운 듯 보였다.

그 탓일까?

200명이 넘어가던 관전자 수가 급격히 줄어서 130명까지 떨어졌다.

"사람들 다 나가네."

—우씨! 나랑 둘 땐 안 그러더니 왜 갑자기 이런 실수를 한대? 아, 짜증 나!

두 사람은 흰여울이란 아이디를 쓰는 수에게 졌다는 공통점이 있었다.

또한 마음속으로 흰여울을 강자로 인식하고 인정하는 눈치였다.

솔직한 심정으론 수가 강 사범을 이겨줬으면 하는 마음도 없지 않아 있었다.

그런데 그러한 기대가 무참히 깨졌으니 어찌 실망하지 않을 수가 있겠나?

ㅡ역시, 버티기 힘들 정도로 궁지에 몰리고 있어.

"에이, 난 모르겠다. 자련다. 끊어."

짜증이 잔뜩 정현우는 일방적으로 전화를 끊어버렸다.

그는 신경질적으로 컴퓨터를 끄더니 그대로 침대에 대자로 뻗어버렸다.

"씨이!"

기대가 큰 만큼 실망도 큰 법.

아직도 화가 풀리지 않는 정현우다.

3

"버겁다. 숨을 쉴 틈조차도 없이 압박을 가하고 있어. 역시 9단은 다르다는 건가?"

수는 인터넷 대국을 시작한 이래 처음으로 감당하기 버거움을 느꼈다.

정말이지 질식당할 거 같다.

겨우겨우 숨줄을 부여잡고 버티곤 있지만, 언제 일격을 당해도 하등 이상할 게 없었다.

솔직히 지금까지 버티고 있는 게 용할 정도다.

그 정도로 수세에 몰려 있는 상황이다.

"버텨. 버티면 기회는 와."

수도 눈이 있으니 관전 목록에 뜬 이들의 채팅을 보았다.

그들은 하나같이 아까 전에 둔 악수를 가리켜 패착이라고 입을 모았다.

패착(敗着).

바둑에서, 그곳에 돌을 놓았기 때문에 결과적으로 그 판이 지게 된 아주 나쁜 수를 가리킨다.

수도 안다.

그 수가 패착이 될 수도 있다는 것을.

하나 아직은 아니다.

언제고 저 악수가 신의 한 수가 될 수 있을 때까지 악착같이 버텨낼 참이다.

'좀만 더, 좀만 더 참으면……'

이제 고지가 눈에 보인다.

중후반에 접어든 국면은 바둑돌이 놓인 자리가 빈자리보다 훨씬 많아졌다.

그럴수록 더욱 판세는 막막해진다.

이미 열 집 가까이 벌어졌다.

비록 덤은 제외했지만 덤까지 감안한다면 열다섯 집 반이다.

압도적인 차이다.

특히 이 정도 레벨의 대국에서는 한 집 차이로 승부가 갈라지는 경우가 허다하다.

열 집이라면 불계패를 선언한다고 해도 하등 이상할 게 없는 상황이다.

그런데.

탁!

수가 차분하게 착점을 했다.

그저 그런 끝내기다.

큰 자리이긴 하지만, 대세에 큰 영향을 끼칠 거리는 없는, 아무것도 아닌.

"……!"

그런데.

뭔가 이상하다.

아무것도 아닌 끝내기에 불과한데, 자꾸 백으로 하여금 뭔가 망설이게 한다.

백은 장고에 들어갔다.

섣불리 응수를 하지 못한다.

관전자들은 쉬이 이해가 가지 않는 눈치였다.

별거 아닌 수인데 이리 시간을 끌 이유가 있단 말인가?

납득이 가지 않는데, 백이 주어진 한 시간을 모두 소진해 버렸다.

여성의 음성이 나오면서 백에게 30초의 시간이 주어졌다.

30초 내에 무조건 착점을 해야 하며, 최대 3번까지 기회가 주어진다.

만약 그 이후에 30초 이후에 착점을 하지 않으면 패배로 기록이 된다.

그때였다.

피노키오 9단 : 이, 이건…….

관전자 중에서 유일한 9단인 피노키오가 채팅창을 통해서 탄성에 가까운 말을 남겼다.

그러자 도저히 상황이 이해가 가지 않는 관전자들이 들고 일어났다.

연화 4단 : 무슨 수가 나나요?

남는대 7단 : 전 안 보이는데…….

제갈공명 8단 : 혹시, 좌변에 아까 둔 악수가?

그나마 그중에서 가장 기력이 높은 제갈공명이 설마 하는 투로 말을 받았다.

피노키오 ㅁ단 : 끄덕.

제갈공명 B단 : 아.

짧은 긍정과 인정, 그리고 감탄.

그들도 겨우 발견한 깊은 수의 맥점에 절로 입이 다물어지지 않았다.

연화 ㄴ단 : 도대체 뭔지, 설명 좀.

남는대 ㄱ단 : 저도 부탁을.

차후에 불어닥칠 어마어마한 후폭풍을 읽지 못한 저단들은 답답함을 느끼며 도움을 청했다.

하나 자칫 훈수가 될 수도 있기에 수를 본 이들도 입을 다물었다.

피노키오 ㅁ단 : 보시면 아실 겁니다. 확실한 건…….

피노키오는 잠시 뜸을 들이더니 조심스럽게 채팅을 쳤다.

피노키오 9단 : 아까 흰여울 님이 두신 악수는 소름이 끼치는 신수(新 手)입니다.

4

"여기까지 수를 읽었다고? 자그마치 70수가 넘었는데?"

김대희는 온몸에 소름이 돋는 걸 느꼈다.

이전에도 이랬던 적이 있다.

우리나라가 낳은 바둑의 신 이창호 9단과 이세돌 9단이 타 이틀을 놓고 붙은 결승 대국에서다.

이창호 9단이 보여준 신기에 가까운 끝내기는 지금까지도 전율로 남아 있다.

그때 느꼈던 전율과 소름을 오랜 시간이 지난 지금에서야 김대희는 한 번 더 느낄 수가 있었다.

"마, 말이 안 나와. 그 악수가 여기까지 판을 읽고, 뒤집기 위함이란 얘기잖아? 악착같이 사범님의 공격에 버텨낸 것도 역전을 할 수 있다는 확신이 있어서고."

김대희는 등골이 오싹해졌다.

문득 아까 정현우가 했던 말이 뇌리에 스쳤다.

만약 흰여울이 프로 바둑기사가 아니라면?

두고두고 우리의 앞길을 막을 수 있는 경쟁자가 될 수도 있단 말이다.

"미칠 만큼 잘 두는 이 작자가 프로가 아니라고?"

소름이 끼치도록 무서운 일이다.

지금 화이트잼 아마 9단을 달고 있는 강훈의 실제 기력은 프로 8단이다.

물론 프로기사들 사이에서 단수는 상징적인 의미가 더욱 강하다.

분명한 건, 원칙적으로 따지자면 강훈은 수에게 석 점을 접어두고 둬야 옳다.

수는 지금 그러한 핸디캡도 없이 정선으로 강훈에게 물러섬이 없었다.

그런 수의 기력은 이미 현역으로 활동 중인 프로기사와 비교해도 부족함이 없다고 봐야 했다.

김대희는 이 흥분을 참지 못했다.

당장 휴대전화를 들어 정현우에게 전화를 걸었다.

"여보세요. 야!"

—왜?

심드렁한 목소리가 들려온다.

"너 컴퓨터 껐지?"

—어, 졸려. 잘 거야.

"당장 들어와! 이거 못 보면 너 평생 후회할 거야."

—왜? 역전이라도 한 거야?

수화기 너머 정현우의 목소리가 달라졌다.

이미 정현우의 손은 컴퓨터 전원으로 향하고 있었다.

흥분 상태인 김대희의 말투에서 뭔가 엄청난 일이 벌어졌단 사실을 짐작한 것이다.

"흰여울이……."

—흰여울이 왜? 뭔데?

"패착을 신의 한 수로 바꿨어."

—……!

믿을 수 없는 일이 현실로 벌어지고 있었다.

5

수의 노림수는 정확하게 먹혀들었다.

그 결과 열세로 몰려 있던 형세는 한순간에 뒤바뀌어 버렸다.

'석 집에서 넉 집은 앞서고 있어.'

수는 치밀하게 형세 판단을 하고 어느 정도 유리한지를 분명하게 인지했다.

하지만 수는 거기서 만족하지 않았다.

'원칙적으로 따지면 덤이 다섯 집 반. 기력 차이가 있다곤 하지만 덤까지 가정하면 지고 있어.'

강 사범과 수의 기력 차이는 분명 크다.

일단 눈으로 보이는 아마 단수의 차이가 4단에 이르기 때문이다.

하나 수는 그런 것에 개의치 않았다.

대국은 공정해야 한다.

비록 덤이 없는 정선으로 대국을 시작했지만 본인은 덤까지 감안해서라도 꼭 승리를 쟁취하고 싶은 마음이었다.

"끝내기에 승부를 건다."

시대가 바뀌어 현 대한민국을 대표하는 프로 바둑기사는 이세돌 9단이 되었다.

하지만 바로 전 세대 세계를 주름잡은 절대강자는 바로 돌부처 이창호 9단이다.

절대 감정을 드러내는 일이 없이 치밀하고 완벽한 바둑을 추구하던 이창호 9단이 가장 강점을 보인 게 바로 이 끝내기였다.

특히 스무 집이 넘는 열세의 상황에서 후반의 끝내기만으로 역전을 일군 대국은 끝내기의 중요성이 얼마나 큰지를 알게 한 일국으로 평가받는다.

수는 악착같이 백돌을 걸고넘어졌다.

선수를 뽑고.

반집이라도 이득을 보기 위해 패를 부여잡고.

수단과 방법을 가리지 않았다.

하지만.

강 사범은 프로기사다. 그 이상의 격차를 내줄 만큼 만만한 상대가 아니었다.

결국 수는 덤을 감안한 두 집의 차이를 좁히지 못하고 말았다.

(흑이 4집 승리하셨습니다.)

승리를 알리는 알림이 떴다.

대국을 끝낸 수가 긴장이 풀렸는지 의자에 축 늘어졌다.

알림이 알려주다시피, 수는 이겼다.

그렇지만 어째서인지 표정은 밝지가 못했다.

"덤까지 감안하면…… 내가 졌어. 졌다고."

바둑에선 이겼지만, 본인의 척도에선 졌다.

아쉽지만 수긍할 수밖에 없다.

"역시 9단은 다르구나. 이렇게까지 최선을 다해서 뒀는데 이기질 못하다니. 아마추어인데도 이렇게 잘 두다니 정말 대단하네."

수는 솔직하게 감탄을 금치 못하며 채팅으로 예의를 표했
다.

흰여울 : 잘 뒀습니다. 덤이 아니었다면 제가 진 바둑이네요.

수가 먼저 운을 띄우자, 관전을 하고 있던 몇몇 이도 멋진
대국에 대한 찬사를 보냈다.

남는대 7단 : 멋진 대국이었습니다.
제갈공명 8단 : 후에 저랑도 한 수 하시길.
연화 4단 : 전 뭐가 뭔지……

저마다 달랐지만 그리 인사를 고하곤 대국실을 빠져나갔
다.

"그건 그렇고 잘 뒀다는 말이 없네? 나한테 져서 충격받았
나?"

강 사범이 잘 뒀다는 기본적인 예의 표현도 없어 의아할 때
였다.

띠링!

(무단 강 사범 님이 퇴실하셨습니다.)

"허? 그냥 나가네?"

아무리 바둑에 져서 화가 났다곤 해도 바둑의 기본은 존중이며 예의다.

저런 식으로 그냥 나가 버리는 건 좀 보기가 좋지 않았다.

메인 대기실로 나온 수는 기지개를 폈다.

모니터만 뚫어져라 보고 집중을 했더니 삭신이 다 쑤셨다.

"아고, 힘들어. 이거 기진맥진이네. 얼른 끄고 자야지."

그런데 막 프로그램을 종료하려던 때에 익숙한 효과음이 울렸다.

띠리링!

(무단 강 사범 님께서 1:1대화를 신청하셨습니다.)

"그냥 나갈 땐 언제고, 웬 대화? 할 말이 남았나?"

순간 괘씸하단 생각이 들었지만, 이렇게 또 정중하게 말을 거는데 무시하는 것도 예의가 아니라는 생각이 들었다.

결국 수가 수락 버튼을 눌렀다.

작은 메모지 같은 채팅창이 떴다.

강 사범 ㅁ단 : 잘 뒀습니다.

흰여울 ㄴ단 : 저도 잘 뒀습니다.

못 다한 말로 강 사범은 대화의 물꼬를 텄다.

그러자 왜 안 나왔나 싶은 질문이 강 사범에게서도 나왔다.

강 사범 ㅁ단 : 실례지만, 프로이신가요?

"또야?"

수는 질렸다는 듯이 고개를 절레절레 저으면서 대답했다.

흰여울 ㄴ단 : 또 똑같은 질문이네요. 프로 아닙니다. 연구생도 아니고
요.

강 사범 ㅁ단 : 놀랍군요. 프로도 원생도 아닌데 그 정도 기력이라니.

흰여울 ㄴ단 : 칭찬 감사합니다. 저보다야 강 사범 님이 훨씬 더 잘 두
시는걸요.

대화는 훈훈했다.

좋은 대국을 뒀고, 마침표까지 냈으니 문제가 될 게 없었
다.

강 사범 9단 : 정말 실례가 되는 질문인 거 알지만, 나이가 어떻게 되는지 여쭤봐도 될까요?

흰여울 4단 : 23살입니다.

고민을 하던 수는 나이쯤이야 싶어서 그냥 대답을 해줬다.

정중한 강 사범의 말투와 기풍으로 보아 최소 그가 본인보다 많으면 많았지, 나이가 적을 거라는 생각이 들지 않아서다.

잠시간 강 사범은 말이 없다.

아마 그는 그런 생각을 할 것이다.

23살이면 프로 바둑기사가 되기엔 늦은 나이라고.

물론 그보다 더 늦게 입단하는 일반인 유형도 있지만, 극히 드문 케이스다.

15세 이하로 구성된 연구생이 존재하는 이유도 그런 바둑에 타고난 천재들로 하여금 미리 새싹부터 발전을 시키기 위함이다.

강 사범 9단 : 혹시, 프로 바둑기사에 도전해 볼 생각은 없으신지?

흰여울 4단 : 프로요?

반문을 하면서도 수는 얼떨떨했다.

프로 바둑기사라니!

취미로만 바둑을 두던 수의 입장에선 생각지도 못한 말이다.

"아서라, 내 주제에 무슨 프로 바둑기사야? 나 말고도 천재적인 연구생이 한둘도 아니고. 아저씨, 괜한 바람 넣지 마세요."

이미 초등학교 시절 할아버지의 욕심으로 연구생의 높은 벽을 실감했던 적이 있던 수다.

이런 말이 있다.

서울대를 가는 것보다 프로 바둑기사 되는 것이 더 어렵다는 말이다.

수도 그 말에 공감한다.

그만큼 프로 바둑기사의 문턱은 높다.

매해 많은 연구생이 도전을 하고 실패한다.

그 외에도 아마추어강자인 일반인들이 도전을 하지만 일년에 프로 바둑기사가 되는 숫자는 기껏해야 다섯 명 정도밖에 되지 않는다.

이런 생리를 잘 알고 있기에 단순한 호기로 도전을 할 만큼 수는 순수하지가 못했다.

흰여울 4단 : 말씀은 고맙지만, 그럴 만한 실력이 못 되네요.

강 사범 9단 : 음.

강 사범은 잠시간 말을 아꼈다.

그가 보기에 수의 기력은 흠잡을 게 없었다.

다만 프로 바둑기사의 험난한 길을 헤치고 나가려면 그 외의 애정과 각오도 필요한 것이다.

그렇기에 함부로 강요를 할 수는 없는 입장이었다.

강 사범 9단 : 혹시, 진성화재배 월드 바둑 마스터스라고 아시나요?

흰여울 4단 : 네, 광고 본 적이 있습니다.

강 사범 9단 : 거기 온라인 예선에 신청을 해보심이. 흰여울 님의 기력이라면 좋은 경험이 될 수 있을 것 같습니다.

흰여울 4단 : 아, 충고 감사합니다. 고수께서 그리 말씀해 주시니 부족하지만 꼭 신청해 보겠습니다.

"이거 아주 금칠을 해주네. 기분이야 나쁘지 않다만……

그래. 기분이다. 까짓것 뭐 대단한 거라고. 신청하마!"

연이은 칭찬에 기분이 좋아진 수는 흔쾌히 신청을 하겠다고 응했다.

화이트잼 최고수인 9단을 상대로 선전을 해서 수 자신도 알게 모르게 자신감이 생긴 것이다.

앞으로 있을 가정방문교사 일정에 폐가 되지 않는 선이라면 참가해 볼 의사는 있었다.

강 사범 ㅁ단 : 말이 길어졌네요. 오래 잡고 있어서 죄송합니다.

흰여울 4단 : 아니요. 조심히 들어가세요.

강 사범 ㅁ단 : 네, 흰여울 님도 잘 들어가시고…… 프로의 세계에서 뵙기를 소원하겠습니다.

(강 사범 ㅁ단 님께서 1:1 대화를 종료하셨습니다.)

"프로의 세계? 꼭 자기가 프로 바둑기사라도 되는 것처럼 말하네?

수는 피식 웃어버렸다.

어쩌나 비행기를 태우는지 부끄러워서 손발이 오그라들었다.

따지고 보면 고작 대국을 한 판 나눴을 뿐이다.

그런데도 애정 어린 조언을 해주는 강 사범에게 고마우면서도 한편으로는 부담스럽기도 했다.

"뱁새가 황새 따라가려다가 다리 찢어지는 법이지. 아, 피곤해. 잠이나 자자."

칭찬도 좋지만 누구보다 자기 주제를 잘 알아야 한다.

수는 그리 생각을 하면서 컴퓨터를 끄고 침대에 대자로 누 웠다.

내일 아침부터 교육을 받으려면 푹 자둬야 하는 까닭이 다.

Chapter 8

1

수는 아침 일찍 사무실에 출근했다.

교육이라곤 했지만 상상했던 것만큼 엄청난 것은 아니었다.

각 가정을 방문하여 아이들을 지도하는 방법이 교육의 주를 이뤘다.

그 외에는 예의범절, 넘어서는 안 될 선 등 영업의 기본들이었다.

뻔한 얘기임에도 수는 최선을 다해서 경청하고 새겨들었다.

'누군가를 가르치는 일이야. 내가 모범이 되지 않아선 곤란해.'

수는 생전 처음으로 누군가를 가르치는 일을 하게 되었다.

교육을 받는 내내 얼떨떨했지만, 점차적으로 가르침을 준다는 것에 대한 설렘이 들었다.

수가 가르친 바둑을 배우고, 아이의 기력이 점점 늘어간다.

상상만 해도 절로 웃음이 나올 만큼 흐뭇하고 보람된 일이란 생각이 들었다.

돈보다 더 행복한 일이 될 수 있지 않을까 하는 막연한 기대도 생겼다.

나흘이라는 시간은 눈 깜짝할 사이에 지냈다.

수는 모든 걸 훌륭하게 수료해 냈으며, 그 결과 처음으로 아이를 배정받게 되었다.

이름은 황윤미.

목동에 사는 여자아이였으며, 나이는 여덟 살. 올해 초등학교 일 학년이다.

수는 두근거리는 마음으로 엘리베이터를 탔다.

태어나서 처음 와본 동네를 구경할 여유도 느껴지지 않았다.

첫 방문교육인 까닭에 설렘 반, 걱정 반으로 심장이 요동치고 있었다.

수는 엘리베이터에 내려서 복도를 따라 쭉 걸었다.

작은 방 창문이 복도 쪽을 향해 나 있는 구형 아파트였다.

딩동!

목적지에 도착한 수는 심호흡을 하고 초인종을 눌렀다.

"네?"

"임 선생 바둑교실에서 나왔습니다."

끼익!

수가 대꾸를 하자 이내 현관문이 열렸다.

정각에 맞춰 온 수를 맞이하고자 아이 엄마가 옅게 웃으며 인사했다.

"안녕하세요."

"처음 뵙겠습니다, 이수라고 합니다."

"아, 네. 들어오세요."

아이 엄마는 힐끗 수를 보았으나 그 외엔 별달리 관심을 두지 않았다.

'다행히도 날 못 알아보는 눈치네.'

슈퍼스타Z 출연 이후로 쓸 데 없는 관심과 주목이 부담스러워진 수다.

오히려 이런 식으로 몰라봐 주는 편이 훨씬 마음이 편했다.

"얘, 윤미야. 선생님 오셨다. 와서 인사드려야지."

아이 엄마의 부름에 작은 방문으로 앙증맞게 머리를 딴 여자아이가 머리를 내밀었다.

"안녕하세요!"

"안녕. 네가 윤미구나? 머리 참 예쁘게 묶었네."

칭찬에 황윤미는 싫지 않은 듯 까치발을 들더니 바닥을 콩콩 찍었다.

그 모습을 보던 수는 절로 귀여워서 확 안고 깨물어주고 싶었다.

"거실에서 교육해 주시면 되고, 뭐 마실 거라도 드릴게요."

아이 엄마는 가정방문교육에 익숙한 듯 알아서 차를 내오고 바둑판을 꺼내 왔다.

덕분에 수도 괜한 어색함이 없이 곧장 편안한 마음가짐으로 수업에 임할 수가 있었다.

"윤미야, 바둑 알아?"

"알아요!"

"정말?"

"거미줄에 돌 던지기요!"

너무도 초롱초롱한 눈동자로 대꾸를 하는 황윤미.

순수하기 짝이 없는 창의적 대답에 잠시 할 말을 잃은 수가 웃으며 말했다.

"신통하네. 맞아, 여기 줄에 검은 돌하고, 하얀 돌을 던지는 놀이야."

"헤헤. 칭찬!'

노골적으로 칭찬을 언급하자 수가 살짝 당황했다.

하나 그것도 잠시 능숙하게 황윤미의 머리를 쓰다듬으며 페이스를 이끌었다.

"윤미 말대로 돌 던지는 놀이가 맞는데, 규칙이 있어. 여기 보이는 선 있지? 이 선과 선이 만나서 십자가를 이루는 부분에만 돌을 던질 수가 있어. 해볼래?"

"웅!'

황윤미가 작고 앙증맞은 손으로 바둑알을 하나 짚더니 척. 하고 놓았다.

아직은 익숙하지 않은지 삐뚤게 돌이 놓였지만, 어쨌든 주어진 미션은 성공한 셈이다.

"아주 잘했어."

"헤헤."

"그전에 우리 예쁜 윤미가 알아둘게 있어."

"뭐요?"

"이 넓은 거미줄에도 다 이름이 있어. 어려울 수도 있으니 오늘 한두 가지만 알려줄게. 여기 바둑판에 9개의 점 보이지?"

황윤미가 끄덕였다.

"보여요."

"이걸 화점이라고 해. 바둑에서 중요한 자리들이지."

수는 아이의 수준에 맞게 호기심 위주의 눈높이 교육을 했다.

쉽게 관심을 보였다가도 금세 식어버리는 게 아이들이다.

수는 최대한 복잡한 걸 지양하고 흥미 위주로 교육을 이끌었다.

"아, 어려워. 이런 거 하기 싫어."

"그러면 딴 거 할까?"

"재미없어. 바둑. 안 해."

"……."

그러나 세상만사 뜻대로 되는 일이 어디 있던가?

수가 나름 흥을 내며 최선을 다해서 교육을 했지만, 황윤미는 금세 실증이 난 듯이 몸을 배배 꼬았다.

식탁에 앉아 있던 아이 엄마가 보다 못하다가 나서서 꾸짖었다.

"윤미 너, 혼난다."

"진짜 재미없는데……."

"자꾸 투정부리면 간식 안 준다?"

"……."

최고의 협박인 간식을 언급하자 황윤미가 고분고분해졌다.

"우리 처음부터 다시 해볼까?"

2

"수고하셨어요."

"아니에요, 제가 한 게 뭐 있다고…… 윤미야, 다음 주에 또 보자."

수는 현관 앞에 서서 작별을 고하고 집을 나섰다.

복도를 지나쳐서 엘리베이터를 타고 층수를 내려오자 긴장이 좀 풀렸다.

"하아, 이거 보통 일이 아니구나."

겨우 40분 수업을 했을 뿐인데 기진맥진했다.

몸을 심하게 쓴 일도 아닌데 기운이 없다. 속된 말로 기 빨린 기분이랄까.

"왜 아이들을 가르치는 일이 힘들다고 하는지 알겠어. 어렵네."

수는 자신이 아직 요령이 없단 사실이 안타까웠다.

본사에서 듣기로는 아이를 키워본 경험이 있는 엄마나 아빠 가정방문교사들은 아이들을 잘 어르고 달래며 재미있게 가르친다고 했다.

그럴 경우 아이들의 호응도 좋고, 회원의 유입도 많아 월

500만 원 수입을 보장받는다고 했다.

"아서라, 이제 한 명 가르쳐 놓고 꿈은."

때마침 일 층에 도착했다.

수는 가방을 다시 고쳐 매며 아파트를 나섰다.

버스 정류장까지 가려면 십 분 이상은 걸어야 했다.

"왔다 갔다 하는 거리도 장난 아니네. 지역이 분산되어 있으면 왕복하는 시간만 해도 하루 온종일 다 잡아먹겠다."

그런 사항을 본사도 잘 주지하고 있다.

그래서 기획부에서는 될 수 있으면 해당 관할 지역이라거나, 시간 때에 맞춰서 최대한 융통성 있게 스케줄을 짜서 배정을 하고 있는 추세다.

드릉! 드르릉!

길 건너 버스 정류장이 육안으로 보일 무렵 전화 한 통화가 왔다.

"여보세요."

—형, 나야.

동생 준이다.

수는 횡단보도 앞에서 신호가 바뀌기를 기다리면서 통화를 이어갔다.

"어, 무슨 일이야?"

—오늘 첫 교육이라면서, 잘했어?

"그럭저럭. 애들 다루기 어렵더라."

─그지? 그게 쉬운 일이 아니라니까. 그래도 그맘때가 나아. 고등학생 정도 되면 머리가 굵어서 그런지, 어찌나 기어오르는지. 어휴!

상황이 다르긴 하지만 준은 서울대 재학이라는 스펙을 바탕으로 과외를 주로 했다.

연령대는 분명 달랐으나 누군가를 가르친다는 점에서 둘은 분명히 공통분모가 있었다.

─다른 게 아니라, 형. 내가 과외하는 애 중에 막냇동생이 초등학생인 애가 있어. 아마 초등학교 3학년? 그쯤 될 거야.

"응, 그런데?"

─남자인데 애가 가만히를 못 있는 성격인가 보더라고. 바둑 한 번 가르쳐 보면 어떠냐고 운을 떼었는데 걔네 아주머니가 그거 괜찮은 거 같대. 고민해 보고 등록하겠대.

"나한테?"

─당연하지.

수는 콧잔등이 시큰해지는 걸 느꼈다.

마침 상황이 저래서 바둑을 배울 걸 추천했다고 말했지만, 그 이면은 또 모르는 일이다.

준이 오히려 아주머니를 설득하고 노력했을지도.

"고맙다, 인마."

—워워! 낯간지럽게 그런 말 마. 나야말로 형 얼굴 볼 면목이 없는걸.

준은 쑥스러운지 거기까지만 대꾸를 하더니 바로 말을 바꿨다.

—앗! 열차 들어온다. 나 이제 끊을게. 이따 집에서 봐!

"어, 조심하고 끼니 잘 챙겨 먹어."

—끊어!

통화는 거기서 일단락 지어졌다.

동생의 빚을 갚기 위해 휴학까지 감행하고 돈을 벌기 위해 뛰어든 형.

그리고 그런 형에 대한 고마움과 미안함으로 한 사람의 회원이라도 더 유치하기 위해 노력하는 동생.

그들의 돈독한 우애는 참 보기가 좋았다.

3

한국기원 서울지부 연구생실.

5조까지 실력별로 나뉜 연구생실 중에서도 가장 강한 1조의 연구생실에 연구생들이 몰려 있다.

강혁 사범을 필두로 정중앙에 위치한 바둑판을 두고 둥글게 둘러앉아 복기가 진행이 되고 있었다.

여기서 말하는 복기(復棋)란, 한 번 두고 난 바둑 판국을 비평하기 위하여 두었던 대로 다시 처음부터 놓아봄을 뜻한다.

"그때 흑은 여기에 돌을 두었지."

연구생 1조를 책임지고 있는 강혁 사범은 판 위에 흑돌을 올려놓았다.

그러자 눈을 빛내며 지켜보고 있던 연구생들의 미간에 주름이 갔다.

"악수 같은데요?"

"실수인가? 별다른 수는 안 날 거 같은데."

"포기하고 던진 거 아니에요?"

저마다 부정적인 의견이 터져 나왔다.

아무래도 그럴 수밖에 없다.

지금 당장에 필요한 최선의 한 수가 아니다.

그렇다고 당장 판을 뒤엎고 승부를 결정지을 묘수는 더더욱 아니다.

애매한 수.

필요 없는 수.

이 모든 걸 통틀어서 악수라고밖에 볼 수가 없는 수를 수가 둔 것이다.

"쯧쯧! 네들이 그래서 안 돼."

잠자코 있던 정현우가 팔짱을 끼고는 우쭐해하면서 대답
했다.

"모르겠지? 이 수의 위대함을?"

"넌 뭘 아는 것처럼 말한다?"

"물론! 나도 모르지."

"......."

너무나 당당하게 모른다는 정현우의 태도에 다들 말을 잃
고 말았다.

보다 못한 김대회가 나서서 슬쩍 밀더니 설명을 보충했다.

"깜짝 놀랐어. 나도 악수인 줄 알았거든. 그런데 그게 아니
더라고."

"이게 악수가 아니라고?"

"도대체 무슨 일이 벌어졌기에 그러지?"

연구생들은 궁금함을 참지 못하고 각자의 사고에 집중했
다.

프로의 문턱에 선 연구생, 그중에서도 가장 강하다는 1조
에 속한 연구생들이 이 한 수에 담긴 비밀을 풀기 위하여 매
달렸지만 헛수고였다.

"사범님."

보다 못한 연구생 하나가 강혁 사범을 쳐다보자, 그가 다음
수를 놓았다.

"나 역시 그리 신경 쓰지 않았다. 이걸로 승기는 내가 잡았다고 여겼다."

강혁 사범의 말은 차분하다.

현역 프로 바둑기사인 그가 무명의 인터넷 아마추어한테 패했음에도 불구하고 분노하거나 억울해하는 면은 느껴지지 않았다.

중립의 입장에서 최대한 공정하게 이 대국을 복기하고 있었다.

"기세를 잡았다고 생각했지. 난 여기서 숨 쉴 틈도 주지 않고 몰아붙였다."

탁!

강혁 사범이 백돌을 집어 바둑판 위에 놓았다.

맥점(脈點).

백의 돌이 세력을 펴며 자리를 잡는 아주 중요한 지점이다.

또한 수세에 몰린 흑을 더 궁지에 몰아넣는 신수이기도 했다.

"흑은 망했어."

"중요한 순간 수를 낭비했어. 이러면 버텨낼 수가 없어."

"끝났네, 이거. 이미 반면으로 열 집은 넘게 차이가 나. 끝내기로는 뒤집기 힘들어 보여."

연구생들도 점차 비관적으로 변했다.

그만큼 흑은 궁지에 몰려 있었다.

백은 승부수를 띄울 만한 여지조차 주지 않았다.

질식.

서서히 목을 졸라가더니만, 이젠 거의 숨통을 끊어놓기 직전까지 다다랐다.

"난 이겼다고 생각했다. 그때 흑이……."

강혁 사범보다 앞서서 돌을 집은 김대희가 바둑판 위에 흑돌을 놓았다.

"여기에 두었어!"

김대희는 마치 자신이 흑을 쥔 입장이라도 된 듯 아주 의기양양하게 굴었다.

"별다른 수도…… 음!"

"이거 아까 둔 패착이?"

"여, 여기까지 수를 읽었다고?"

그 한 수가 기폭제가 되어 연구생들의 표정이 하얗게 질렸다.

그건 단순한 경악이 아니라, 아연실색할 만한 경탄 때문이었다.

"그래. 흑은 우리가 악수라 말했던 수를 신수로 바꾸기 위하여 지금까지 버틴 것이다."

"……이, 이런 묘수는 프로 기전에서도 보기 힘든 수라고."

"아주 옛날에 유창혁 9단이 기성전에서 둔 수랑 필적해. 아, 닭살."

고수는 고수를 알아보는 법이다.

웬만한 주요 기전의 기보에는 정통한 연구생들이기에 흑이 지금까지 보여준 수의 비밀은 전율을 주기에 충분했다.

강혁 사범은 빠르게 흑돌과 백돌을 번갈아 두고 복기를 끝냈다.

"난 최선을 다했지만 결국 판을 뒤집지는 못했다. 결과는 4집 차. 덤을 가정했다면 내가 이긴 대국이나, 아마추어를 상대로 그런 변명은 무의미하지."

"⋯⋯."

연구생실에 정적이 감돌았다.

이 좁은 공간에 십여 명이 넘는 사람이 있는데도 숨소리조차 들리지 않는다.

그들은 이 한 판의 대국이 전해준 깨달음을 온몸으로 습득하고 있는 중이었다.

"대국이 끝난 후 따로 물어보니 흑은 프로기사나 연구생이 아니라고 했다."

"지, 진짜요?"

연구생들은 믿을 수 없는 눈치였다.

그도 그럴 것이 그들은 본능적으로 이 흑을 상대로 대국을 한다는 시뮬레이션을 머릿속에서 펼치고 있는 중이었다.

바둑판 위에서 자웅을 겨루며 누가 더 강한지를 상상하는 것이다.

'못 이겨.'

'지금의 나로서는 감당할 자신이 들지 않아.'

'내가 사범님보다 더 몰아칠 수 있을까? 그 신수를 악수로 몰아넣을 수 있을 만큼.'

연구생들의 표정이 비관적으로 바뀌었다.

그들은 프로 바둑기사의 문턱에 들어서 있고, 올해도 이들 중에서 프로 바둑기사를 배출해 냈다.

하지만 이 흑과 두어서는 이길 자신이 들지 않았다.

호승적인 성격의 정현우가 팔짱을 끼곤 자신만만하게 말했다.

"네들 그때 뭐랬어? 내가 아마추어한테 졌다니까 비웃었지?"

"잠깐, 너 이 흑하고 대국했다고 했지?"

"물론이지! 뒀으니까 지지. 그러면 뭐보지도 않고 졌다고 하겠냐?"

정현우는 비록 수와의 일전에서 패배를 하긴 했지만 부끄럽지 않았다.

오히려 이런 강자를 먼저 알아보고 사범님에게 알려준 스스로의 안목에 자부심을 느꼈다.

김대희도 껴들어서 한마디 거들었다.

"진짜 강했어. 나도 못 이겼으니까."

"……."

1조의 순위는 그때마다 오락가락하지만 정현우와 김대희의 실력은 1조 내에서도 최강에 속한다.

두 사람은 1조에 입성한 이래 한 번도 2조로 내려간 적이 없었다.

강혁 사범조차 서로 다른 두 기풍을 지닌 이 꼬마 라이벌들이 가장 프로에 가깝다는 평가를 자체적으로 내렸던 터였다.

그랬던 두 사람도 졌다.

두 판으로 상대의 모든 걸 가늠할 수는 없지만 좀 전의 대국도 그렇고 한 가지만은 예측이 가능하다.

이미 흰여울은 연구생 수준이 아니다.

프로.

연구생들이 그토록 발을 딛고 싶어 하는 현역 프로 바둑기사 수준의 기량을 지니고 있단 것이다.

"대희 형."

"왜?"

"이 흑을 쥔 사람 아이디가 뭐야?"

"어? 아이디가……."

다른 연구생들이 일제히 시선을 맞추고 아이디를 요구하자 당황한 김대희가 대답을 하려던 때다.

"말하지 마라."

"휜…… 네? 하, 하지만."

"분명 말하지 말라고 했다. 현우, 너도 마찬가지다. 알겠냐?"

"알긴 알겠는데 왜…… 말하지 말라는 거예요?"

강혁 사범이 말을 끊자, 연구생들이 일제히 원망 어린 시선을 보냈다.

"알려줘요!"

"사범님!"

"저희도 두고 싶어요! 왜 모르게 하는 거예요!"

연구생들이 불만을 토로했다.

강혁 사범과 일전을 나눌 정도의 실력이라면 어떻게든 한 판이라도 더 두고 싶은 마음이다.

그걸 막는 강혁 사범을 도저히 이해할 수가 없었다.

"마음은 이해하나, 이 정도 기력이라면 언젠가 네들 앞에 나타날 것이다. 어쩌면 그 시기가 생각보다 더 빠를지도 모르겠지."

"그땐 그때고 지금은……."

"너희를 위해서다."

"……!"

"이 흑은 앞으로 프로가 되어 사사건건 너희 앞을 막을 것이다. 그때를 위해 참아라. 그리고 노력해라. 연구생 1조에 속해 있다는 자만심을 버리고, 초심으로 돌아가라. 그러지 않는다면…… 너희는 평생 이 흑의 뒤꽁무니만 쳐다볼지도 모른다."

"……."

바둑에 절대 강자는 없다고 흔히들 말한다.

강혁 사범도 그리 생각을 했던 때가 있었다. 프로에 입단하고 노력한다면 그런 강자들을 거침없이 깰 수 있을 거라고 생각했다.

한데 그건 착각이었다.

'노력한다면, 창호를 이길 수 있을 줄 알았지.'

강혁 사범은 쓰게 웃었다.

그 해, 입단 동기 중 이창호가 있었다. 노력 여하에 따라 얼마든지 따라잡을 수 있다고 자부했던 때가 그에게도 있었다.

하나 그는 실패했다.

이창호의 아성은커녕, 그가 밟아가는 발자취의 근처에도 다다르지 못했다.

강혁 사범은 그때 자신이 느꼈던 경험을 제자들에게 전해 주고 싶었다.

"명심해야 한다. 절대 자만하지 말고, 초심으로 돌아가도록 해라. 그리고……."

"……"

연구생 일동이 입을 다물고 강혁 사범의 말에 집중하고 있었다.

"세 배 더 노력해라. 그렇지 않으면 프로가 되더라도 네들은 이 혹의 뒤를 쫓는 게 고작이 될 것이다."

"……!"

충격받은 연구생들의 표정을 보며 강혁 사범은 너무 과한 말을 한 것이 아닌지 걱정이 들기도 했다.

하지만 지금이 아니면 이 말을 할 기회가 없단 생각이 들었다.

'어쩌면 네들이 생각하는 것보다 빨리 나타날지도 모르기에 하는 말이다.'

강혁 사범은 화이트잼에서 흰여울에게 했던 말을 떠올렸다.

강 사범 9단 : 혹시, 진성화재배 월드 바둑 마스터스라고 아시나요?

흰여울 4단 : 네, 광고 본 적이 있습니다.

강 사범 9단 : 거기 온라인 예선에 신청을 해보심이. 흰여울 님의 기력이라면 좋은 경험이 될 수 있을 것 같습니다.

그건 일종의 권유였다.

결국 참가 여부를 결정하는 건 횐여울이다. 나올지 안 나올지는 강혁으로서도 알 수 없다.

'나오지 않다면 어쩔 수 없는 것이지만, 만약 출전을 하게 된다면……'

강혁 사범은 눈을 감고 그 뒤에 벌어질 어마어마한 파장을 상상했다.

일개 아마추어가 프로 바둑기전에 나와서 파란을 일으키는 모습을 말이다.

'바둑의 시류가 뒤집힐지도 모르겠군.'

그는 보고 싶었다.

새로운 시대와 인물이 등장해 한국 바둑을 어떻게 짊어나가게 될지를.

또 그는 이런 무명의 강자에게 추월당하지 않기 위해 더 채찍질하고 노력하는 연구생들의 모습을 기대했다.

Chapter 9

수는 아침부터 정신이 없었다.

동생 준이 소개시켜 준 가정에 방문하기 위해 약속을 잡아 둔 까닭이다.

'우선은 만나서 설득을 하는 게 우선이야.'

요새 엄마들은 참 영악하다.

바둑이 막내아들의 성격을 고치기 위해 더없이 좋다고 해 도 눈으로 보고 효율성을 파악하고 난 뒤에야 신중하게 결정 을 내리고자 한다.

지금도 마찬가지다.

준이 약속 시간을 잡아주기는 했으나, 곧장 회원 등록을 하는 게 아니다.

지금 수가 그 집에 방문하는 이유는 바둑의 긍정적 요소를 전하고 설득을 하는 일종의 PR(Public Relation)을 위해서다.

만약 엄마의 눈에 찬다면 바로 회원 등록을 하게 될 것이다.

하지만 성에 차지 않는다면, 연락은 오지 않을 것이고 수는 괜한 시간만 낭비한 셈이 된다.

'영업직의 고충이 이런 건가 보네. 보험이나 정수기 판매를 생계로 하는 사람들이 참 대단해.'

수는 지하철에 몸을 실었다.

나름 깔끔한 면바지에 셔츠를 차려입고 나왔는데, 어울리지 않는 모자를 푹 눌러썼다. 사람들의 시선과 주목 때문이다.

"그러고 보니 소연이가 우승한 걸 못 봤네."

스마트폰을 뒤적거리던 수는 슈퍼스타Z 최초의 여성 우승자를 배출했다는 기사를 읽었다.

괄목상대라는 말이 무색할 만큼 기량이 성숙해진 안소연의 무대는 심사위원의 극찬을 이끌어냈다고 했다.

뿐만 아니라, 준우승을 한 박정수를 상대로도 압도적인 표차이를 보이며 우승했다고 했다.

"축하 문자라도 날려야겠네."

수는 전화번호부 목록에 저장된 안소연의 이름을 누르고 축하 메시지를 작성해서 보냈다.

"……."

불쑥 자기도 모르게 그런 상상이 스쳐 갔다. 지금 저 우승자의 자리에 안소연이 아닌, 수 자신이 있을 수도 있단 부질없는 후회가 섞인 상상 말이다.

수는 퍼뜩 정신을 차리고 그런 망상을 바로 지워 버렸다.

"딴생각 하자."

슈퍼스타Z의 소식을 보고 있으면 자꾸만 후회가 될 것 같아 수가 억지로 사고를 전환시켰다.

휴대전화를 가방에 넣은 수는 그간 신경을 쓰지 못했던 김강진의 작곡 노트를 꺼냈다.

'괜스레 미안해지네. 아저씨의 노트를 받고서도 이제야 열어보다니.'

늦었다고 할 때가 가장 빠른 때다.

수는 지금에라도 이 작곡 노트를 펼쳐 봤다는 것에 안도하며 거기 적힌 메모와 음표들을 조합하여 곡을 듣는 것처럼 상상했다.

'주옥같은 멜로디에 가사의 조합이야. 조금만 손보면 감성을 울릴 만한 좋은 곡이 되고도 남아.'

김강진은 그 당시 손에 꼽히던 천부적 자질을 타고나 작곡과 작사, 보컬까지 겸비한 최고의 싱어송라이터(Sing a song writer)였다.

비록 자기 관리에 실패하여 빛을 잃고 시들어갔지만 그 재능만큼은 현대 가요의 누구와 비교해도 뒤지지 않는 사람이다.

다만.

그 당시 시대상과 유행을 따르고 있다는 점에서 뒤처져 있다는 느낌은 지울 수가 없었다.

'현대적인 해석과 후렴에 진솔한 가사와 멜로디가 합일이 된다면 어떨까?

그래.

김강진은 옛 사람이다.

그의 천부적인 자질은 부족함이 없지만 자질이 발산하게 된 토양과 환경은 이미 구시대의 것으로 전락해 버린 지 오래다.

하나 수는 아니다.

수는 현대인이다.

그것도 가장 유행에 민감한 20대다.

어려서부터 아이돌 가수의 노래를 듣고, 시시각각 바뀌는 대중가요를 듣고 자랐으며, 전자 사운드에 정통하다.

자연스럽게 수가 듣고 자란 모든 음악이 과거의 것과 맞물려 창조를 일으킬 수 있는 자양분으로 발전이 된 것이다.

1+1=2

이 틀에 짜인 공식을 벗어나서 1+1=3, 아니, 그 이상의 값을 구할 수가 있게 된 것이다.

"아직 강남까지 가려면 시간도 남았고, 악상이나 떠올려 볼까?"

수는 눈을 감았다.

사람들의 이야기 소리, 전철의 경적 소리, 정차 소리, 휴대전화 소리 등 각종 소음으로 잠식된 지하철 안에서 자기만의 멜로디를 떠올리며 청각을 가득 메웠다.

그래.

수는 작곡이라는 새로운 음악적 분야로 눈을 떠가고 있었다.

2

국내 최대 대국 프로그램 화이트잼.

그러한 화이트잼을 운영하는 본사 사무실에는 전문 프로그램 부서와 운영, 마케팅 부서 외에도 독특한 부서가 하나 더 있었다.

바로 기자부다.

바둑 전문 기자를 둔 이 기자부는 누구보다 빠르게 국내외 바둑 소식을 정리해 신속 정확하게 화이트잼 유저 및 바둑 마니아들에게 전달해 주는 역할을 맡고 있다.

"네들 강 사범이 누군지 알아, 몰라?"

"……압니다."

기자부 팀장 박미라의 으름장에 네 명의 남녀 기자가 일제히 고개를 숙였다.

"연구생 1조 고문 사범 강혁 8단이라고. 그런 강혁 8단이 고작 아마추어 4단한테 졌는데, 이걸 아무도 몰랐다는 게 말이 돼?"

"……."

기자들은 지퍼를 채운 듯 꾹 입을 다문 채 듣고만 있었다.

아니, 그들이라고 왜 할 말이 없을까?

아무리 직업이 기자라지만, 퇴근 후에 벌어진 사건이었다.

거기다 마침 운이 나빠서 두 명은 지방 출장에, 나머지 두 명은 화이트잼에 접속을 할 수 없는 상황이었다.

그럼에도 불구하고 그들은 그때 벌어진 대국을 놓쳤다는 이유로 팀장 박미라에게 욕을 먹고 있었다.

"그래도 팀장 님, 뒤늦게라도 안 게 다행인 거 아닌가요?"

"다행?

입사 6년 차에 제법 경력이 되는 장만수가 한마디 말을 뱉었다가 싹 입을 닫았다.

박미라 팀장의 눈빛이 상상 이상으로 살벌했던 까닭이다.

'쉿! 선배, 나서지 마요. 지금 입 함부로 놀렸다간 진짜 아작 나요.'

막 바둑학과를 졸업하고 기자부에 취직한 막내 김수진이 눈치를 줬다.

박미라 팀장의 질타는 계속됐다.

"그다음은 뭘 했어? 이런 일이 생겼으면 당장 가서 인터뷰를 따야 할 거 아냐! 네들 그런 생각도 안 하고 그냥 넘어갈 생각 하고 있었던 건 아니지?"

"서, 설마요."

박미라 팀장이 두통에 이마를 짚었다.

말을 더듬는 꼴을 보아하니 인터뷰 요청도 하지 않았던 모양이다.

한숨만 절로 나온다.

기자라는 것들이 어쩜 이렇게 생각도 없고 몸으로 뛸 생각도 않는지 답답할 따름이다.

"더 말해봐야 내 성격만 버릴 거 같고. 흰여울 인터뷰 따. 알았어, 몰랐어?"

"네! 당장 연락해 보겠습니다."

"무조건 따야 해. 아까 프로그램부에서 들은 얘긴데, 이 사람 진성화재배 아마추어 온라인 부분에 참가 신청서 냈다고 하더라."

"진짜요?"

"그래, 그러니까 빨리 가서 인터뷰 요청하고! 무슨 수를 쓰든 기사거리 만들어. 알았어, 몰랐어!"

늘 마녀 같은 성격에 모진 소리만 늘어놓지만 한 번도 틀린 말은 한 적이 없는 박미라 팀장이었다.

기자부 기자들은 움찔 몸을 떨면서도 번쩍 정신을 차리고 움직였다.

3

"준 학생의 친형이라고 하셨죠?"

"네, 이수라고 합니다."

수는 깍듯이 허리를 굽히며 인사했다.

한눈에 보기에도 생활의 풍족함이 엿보이는 세련된 인상의 아이 엄마가 턱을 매만지며 기억을 더듬었다.

"이수라…… 어디서 분명 들어본 이름인데."

"……."

"뭐, 일단 가르치는 걸 좀 보죠. 호우야!"

방에서 게임을 하고 있던 구호우가 부름에 싫은 기색을 잔뜩 내비치며 나왔다.

"왜, 나 바둑 같은 거 배우기 싫다니까! 완전 지루하고 재미없다고."

"얘가 진짜. 그러니까 배우라는 거잖아. 그 지루하고 재미없는 거 하면서 앉아 있으라고!"

"싫어! 싫다고!"

고집을 부리던 구호우의 눈빛이 수와 정면으로 딱 마주쳤다.

수가 어색하게 웃으며 인사를 했다.

"안녕."

"흥!"

"……."

쌩하니 고개를 돌렸던 구호우가 다시 수를 똑바로 쳐다봤다.

"아저씨 혹시 Tv에 나오지 않았어요?"

"어? 어."

뜬금없는 질문에 수는 긍정도 부정도 하지 못하고 대충 얼버무렸다.

그러한 미적지근한 태도에 구호우는 더 수상함을 느끼며 수를 뚫어져라 쳐다봤다.

"어라, 나 어디서 봤는데…… 맞아! 슈퍼스타Z에 나온 분 맞죠!"

"아, 아마 맞을걸?"

"대박! 이게 뭔 일이야? 아저씨 연예인이잖아요!"

"……."

크리스마스 날 산타에게 선물을 받은 듯 방방 뛰며 좋아하는 구호우를 보며 수는 할 말을 잃었다.

아이 엄마도 그런 수를 힐끗 보더니 몸을 돌려 휴대전화로 검색을 했다.

"지, 진짜네요. 가수세요?"

"그게…… 그러니까……."

곤란해진 수는 볼만 긁적였다.

4

"그러면 다음 주에 뵙겠습니다."

"네, 조심히 들어가세요. 호우도 인사해야지?"

아이 엄마의 말에 구호우는 점프를 뛰면서 크게 손을 흔들었다.

"잘 가요!"

"그래."

수가 돌아서기가 무섭게 구호우가 엄마와 나누는 대화 소리가 들렸다.

"나 사진도 찍었다! 내일 학교 가자마자 애들한테 자랑할 거야! 연예인이 내 교사 해준다고!"

"그러렴."

"……."

뭐랄까, 결과는 좋았지만 수는 어딘지 좀 찜찜한 기분을 지울 수가 없었다.

왠지 슈퍼스타Z에 출연하면서 얻은 인기에 편승하여 별 어려움 없이 성과를 얻은 기분 때문이다.

'신경 쓰지 말자. 거기 출연했었던 기억을 지울 수도 없고, 그때의 나나 지금의 나나 다 똑같은 나잖아?'

뭐든 어떤가?

좋은 게 좋은 거라고, 수는 한 명의 회원이라도 더 유치해야 하는 입장에서 싫을 게 없었다.

드릉! 드릉!

휴대전화의 진동 소리에 수가 전화를 받았다.

"여보세요."

꽤나 생기발랄한 젊은 여자의 목소리가 수화기 너머에서 들려왔다.

―안녕하세요. 혹시 바둑 대국 사이트 화이트잼 회원이신

흰여울 님 휴대전화 번호가 맞나요?

'화이트잼 흰여울?'

육성으로 들으니 제법 생소한 인적 사항이었지만, 분명 저 바둑 사이트와 아이디는 수가 사용하는 것임이 확실했다.

"네, 맞는 거 같은데…… 누구신지?"

─어머! 반가워요. 전 화이트잼 소속 바둑전문기자 김수진이라고 해요. 반갑습니다.

"바둑전문기자?"

슈퍼스타Z에 출연하면서 많은 기자와 맞닥뜨렸던 전력이 있던 수다.

그런데 바둑전문기자라는 타이틀은 그런 수의 입장에서도 생소했다.

─네! 생소할 수도 있겠지만, 국내외 바둑 소식을 가장 빨리 바둑인들에게 알려주는 일을 하고 있다고 이해하시면 편하실 거예요.

"……그런 분이 저한테 왜?"

─아! 다름이 아니라, 저희 화이트잼 공식 사이트에서 이달의 고수를 선정하거든요.

"이달의 고수요?"

─네, 흰여울 님께서 가입하신 지 얼마 되시지 않았는데 7단 이상들과의 대국에서 매우 높은 승률을 보이시더라고요. 그래

서 저희가 운영하는 웹진에 따로 인터뷰를 기재했으면 하는 마음에 연락드린 거예요.

"……."

수는 대답이 없다.

워낙 뜬금이 없기도 했지만, 기자라는 직업이 수로 하여금 자꾸만 거부감을 불러일으켰다.

'눈치로 봐서는 내 정체를 모르는 거 같긴 한데…… 긁어 부스럼을 만들 이유는 없지.'

이미 기자들에게 데일 대로 데인 수다.

이젠 그런 일에 엮이지 않고 최대한 조용히 살고 싶었다.

자칫 인터뷰를 잘못하게 돼서 슈퍼스타Z 출신의 이수라는 게 알려지기라도 하는 날에는 다시 사람들의 입에 오르내리는 걸 피할 길이 없다.

"죄송한데, 인터뷰할 생각이 없습니다."

―네? 아. 그러시구나. 인터뷰라고 해도 귀찮게 굴거나 하지 않아요.

"……."

―또 이달의 고수에 선정되신 분한테는 섭섭지 않게 혜택도 주어져요. 화이트잼 기력에 맞게 한국바둑협회에서 발행하는 공식 아마 단증도 발행해 주거든요. 어떠세요. 속는 셈 치고 한번 해보심이?

김수진 기자는 최선을 다해서 수를 구슬리기 위해 노력했다.

특히 그녀가 내민 아마 단증은 꽤나 매력적인 제안이었다.

태권도나 검도와 같은 무도처럼 바둑 역시 아마추어 단증이 엄연히 존재하며, 단증이야말로 한국바둑협회가 인증한 실력의 표준 잣대가 된다.

다만, 단증을 취득하는 데 들어가는 비용이 20만 원을 호가하는데다 탈락할 위험도 동반하기 때문에 쉬이 취득에 도전하는 사람 수가 적었다.

꽤나 구미가 당기는 제안이었지만, 수는 그 정도 유혹에 넘어가지 않았다.

"김수진 기자님이라고 하셨죠?"

ㅡ네, 맞습니다.

"분명히 말씀드립니다. 나 인터뷰 안 합니다."

수가 너무도 단호하게 자르자, 통화 중인 김수진 기자가 적잖이 당황한 기색을 보였다.

ㅡ저 하, 한 번만 다시 생각해 보심이…….

"더는 말 안 하죠. 끊겠습니다."

뚝!

수는 일방적인 통보를 날리고는 그대로 전화 통화를 끊어 버렸다.

"단중이 아쉽긴 하지만, 성가시게 엮이는 건 더 별로라서. 이해해 주길."

너무 쌀쌀맞게 군 거 같아 마음에 걸리긴 했지만 어쩌겠나?

이미 데인 경험이 있기에 조심스러울 수밖에 없는 것을.

수는 길을 재촉했다.

5

"여보세요! 여보세요! 아니, 뭐 이런 상또라이가 다 있어?"

김수진 기자는 신경질적으로 수화기를 내려놓고는 씩씩거렸다.

이제까지 바둑부 기자를 하면서 많은 무시를 당했지만 오늘처럼 면박을 당한 적은 손에 꼽을 정도였다.

"왜? 안 한대?"

옆에 책상에 앉아 인터넷 서핑을 하고 있던 선배 장만석 기자가 물었다.

"어, 완전 짜증 나네. 목소리만 딱 들어봐도 어린 티가 팍팍 나는데, 싸가지가 없어."

"없어는 반말이고. 넌 선배한테 은근히 말 낮추더라."

장만석 기자가 안경을 올려 쓰면서 은근히 눈치를 줬다.

"미안, 화가 나서요. 아씨! 미치겠네. 얘 인터뷰 못 따면 마녀가 날 잡아 족치려고 하겠죠?"

"하는 선에서 그치는 게 아니라, 널 해고시킬지도 모를걸?"

"돌겠네. 진짜."

김수진 기자는 이를 어쩌나 발을 동동 굴렀다.

안 그래도 요새 별다른 건수가 없어서 트집이란 트집은 다 잡혀서 까이는 입장이었다.

그런데 이렇게 주어진 일마저 제대로 처리하지 못하면 박미라 팀장의 분노를 어떻게 감당해야 할지 감이 서질 않았다.

"씨! 프로그램 팀에 의뢰해도 개인신상 정보는 안 알려주겠죠? 주소 같은 거요."

장만석 기자는 삐딱하게 앉아서 지뢰 찾기를 하면서 심드렁하게 대꾸했다.

"왜, 몸으로 부딪치게?"

"그거 말고 방법이 없잖아요."

"어려울걸. 요새 개인정보 유출 문제가 얼마나 예민한데. 참아, 고소당하면 훅 간다."

"씨! 그러면 어쩌라는 거예요!"

"어쩌긴 뭘 어째? 죽어라, 전화해야지. 전화해서……."

"전화해서?"

뭔 뾰족한 수가 있냐는 듯 기대감을 안고 김수진 기자가 쳐다봤다.

"빌어야지."

"……."

"손이 발이 되도록."

남 일 대하듯이 막 던지는 장만석 기자를 보며 김수진 기자는 어금니를 꽉 깨물었다.

선배만 아니면 확 그냥!

살인 충동을 느끼는 그녀였다.

Chapter 10

1

"엄마! 엄마!"

청담동 최고급 펜트하우스.

88평대의 크기에 최고급 대리석 바닥과 벽면으로 치장된 그곳의 거실에 막 학원을 마치고 귀가한 공혜련이 종종 걸음을 찍으며 들어왔다.

"엄마!"

거실에 문채원이 없단 걸 확인한 공혜련은 한걸음에 집무실까지 뛰어갔다.

아니다 다를까, 서재 겸 집무실에는 두 명의 비서가 결재 문서를 들고 서명을 기다리며 서서 기다리는 모습이 보였다.

"엄마!"

딸의 부름에도 문채원은 시선조차 주지 않고 우선 주어진 일부터 마무리 지었다.

"시세보다 좀 더 주더라도 매입하세요. 아셨죠?"

"네, 회장님."

"돌아가 보세요. 대명빌딩은 제가 오후에 따로 보러 가보도록 하죠. 따로 또 일정이 있나요?"

"내일 오후에 모닝 갤러리 회원 분들과 정찬이 있으십니다."

"알았겠어요."

비서는 꾸벅 허리를 굽히고는 결재 문서를 들고 집무실을 나섰다.

그제야 문채원의 시선이 공혜련에게 쏠렸다.

"무슨 일이기에 그리 호들갑이야?"

"나 완전 마음 상했어!"

공혜련은 조르르 문채원에게 달려와 무릎을 부여잡곤 투정을 부렸다.

"우리 딸, 무슨 일인데?"

"이수 오빠 있잖아! 나랑 같이 사진 찍은 거!"

"그런데?"

"나 말고 옆 반의 호우랑도 찍었대! 완전 샘나. 나만 알고 지낸 사람이었는데, 뺏긴 기분이라고!"

"풉. 우리 딸이 그거 때문에 잔뜩 골이 났구나?"

"응!"

너무 자기 독점적인 발언에 문채원은 옅게 웃으며 공혜련의 머리를 쓰다듬어 줬다.

이맘때의 아이들에게 있어서 연예인과 따로 친분이 있다는 건 큰 자랑거리였으며, 또 부러움의 대상이 되기도 했다.

그런데 그러한 독점적 자랑거리를 구호우와 나눠 갖게 되다 보니 기분이 유쾌할 리가 없었다.

"혜련아, 수 오빠는 네 게 아닌걸? 그 친구도 같이 사진 찍고 싶어 했을 거야."

"하지만 혜련이는 커서 수 오빠랑 커서 결혼할 거라고!"

"결혼?"

과연 이 초등학생이 결혼의 무게를 알고 그런 말을 하는 것일까?

모르겠지.

이맘때의 여아들에게 결혼이란 환상일 테니까.

문채원은 씁쓸한 얼굴을 하곤 무릎 위에 공혜련을 앉히고

달랬다.

"그러면 더 문제가 안 되는데? 호우라는 친구는 남자인걸?"

"그렇긴 해. 그런데……."

공혜련의 불만스러운 표정을 지우지 못하곤 신경질적으로 말을 했다.

"그 녀석이 그랬단 말이야. 수 오빠가 매주 자기네 집에 온다고!"

"집에 오다니?"

"자기 가정방문 바둑교사라고 했어!"

"……!"

생각지도 못한 가정방문 바둑교사라는 말에 문채원도 잠시 할 말을 잃었다.

"그게 무슨 말이니? 차근차근 알아듣게 설명을 좀 해볼래?"

"나도 잘은 몰라. 근데 집에 와서 바둑 가르쳐 주는 선생님이래. 씨! 걔가 완전 무시했다고! 수 오빠는 내 남편 감인데, 그래서 나 무지 화나."

"……."

문채원은 어찌 된 영문인지 어안이 벙벙했다.

오디션 프로그램을 통해서 잘나가던 수가 어쩌다가 가정

방문 교사를 시작하게 됐는지 짐작도 가지 않았다.

'방송 제재를 당했다더니…… 사연이 있는 건가?'

문채원은 마음이 썩 편치가 못했다.

물론, 가정방문 바둑교사라는 직업을 비하하거나 그러는 건 절대 아니다.

다만 오디션 프로그램을 통해서 승승장구할 기회를 마다하고 나온 게 너무 안타까웠다.

우연히 병원에서 마주쳤을 때까지만 해도 수는 씩씩해 보였다.

제 발로 슈퍼스타Z의 기회를 저버렸음에도 후회는 없어 보였다.

그래서 안심을 했는데 그리 지낼 줄이야.

"혜련아, 엄마 잠시 일 때문에 전화 통화 좀 하고 올게."

"응."

집무실로 돌아온 문채원은 휴대전화를 들어서 비서에게 전화를 걸었다.

─네, 회장님.

"이수 씨, 기억나지? 그 사람에 대해서 좀 알아봐. 지금 어떻게 지내는지, 뭘 하고 지내는지에 대해서. 내일 오전까지 보고해."

─알겠습니다.

전화 통화를 끊은 문채원은 다리를 꼬고 의자에 앉아 수를
떠올렸다.

"잘되기를 바랐는데……."

2

"오늘이구나."

수는 아침 일찍부터 목욕재계를 하고 편안한 옷차림으로
갈아입었다.

아침 식사도 소식했다.

혹여 과식을 했다가 속이 불편해지는 걸 꺼리기 위함이
다.

"이거 은근히 긴장되네."

컴퓨터 앞에 앉은 수가 심호흡을 했다.

그도 그럴 것이 오늘은 진성화재배 온라인 예선이 있는 첫
날이기 때문이다.

온라인으로 지원한 아마추어의 수는 대략 천 명에 육박했
다.

화이트잼 쪽에서는 자체 시스템을 통해 대전 상대를 정했
으며, 토너먼트를 통해서 최후까지 생존한 25명만이 오프라
인 예선에 진출할 권리를 갖게 된다.

"경험이니까, 즐긴다는 마음가짐으로 두자."

본인의 기력에 대한 자각이 없는 수는 바둑을 취미 생활쯤으로 여겼다.

화이트잼에 접속하여 대기를 하고 있자 알림창이 떴다.

띠링!

(운영자56 님께서 대국에 초대하셨습니다.)

드디어 시작이구나.

수가 수락 버튼을 누르자 대국실로 화면이 바뀌었다.

그곳엔 이미 초대를 받은 수의 대국 상대 푸른여름이 대기에 있었다.

운영자56이 채팅을 쳤다.

운영자56 : 제한 시간은 각자 2o분, 초읽기 3회, 덤 5집 반입니다. 흑백 결정은 화이트잼 시스템에 따라주시고, 대국의 승패는 서버 내에 저장이 될 것입니다. 대국을 시작해 주세요.

운영자56의 공지가 끝나기가 무섭게 푸른여름이 대국 신청을 걸어왔다.

"아마 6단이라…… 이거 첫판부터 심상치 않은데."

수는 긴장감을 느끼며 대국수락 버튼을 눌렀다.

(대국이 시작되었습니다.)

익숙한 알림 소리에 맞춰서 순식간에 돌 가림이 끝났다.

수는 백을 집게 되었다.

탁!

먼저 푸른여름의 돌이 놓였다.

귀를 차지하고자 화점에 두었는데, 대회 예선이라 그런지 대국을 두는 마음가짐이나 긴장감이 확실히 달랐다.

"늘 두던 대로 두자."

수는 차분하게 포석을 전개했다.

복잡한 국면이 없이 정석을 통해 각자의 세력을 구축하는 걸로 초반 양상을 일단락 지었다.

"대회라서 그런가? 바둑이 조심스럽군."

하나 그건 어디까지나 초반이기 때문이다.

언제고 이 드넓은 바둑판 위에서 이익을 놓고 흑과 백이 충돌하게 마련이다.

50수가 넘어갈 무렵, 그러한 전투가 하변에서 벌어졌다.

두 집이 나야 생존할 수 있는 백돌을 흑이 맹렬하게 공격해 들어온 것이다.

"거길 모자 씌운다고?"

모자란 상대 돌을 공격하기 위해 포위를 할 때 주로 쓰는 바둑 용어다.

수는 의아한 표정을 감출 수가 없었다.

기세도 중요하고, 백돌이 살아 있지 못하게 공격을 취하는 건 옳다.

하나 아무래도 지금 둔 수는 과하다는 생각이 자꾸만 들었다.

"공피고아(攻彼顧我)."

수는 반사적으로 위기십결에 나온 격언의 한 구절을 떠올렸다.

상대를 공격하기 전에 내 허점부터 돌아보라.

이 말은 손자병법 모공편에 나오는 말과도 일맥상통한다.

상대를 알고 나를 알면, 백 번 싸워도 위태롭지 않다. 상대를 모르고 나를 알면, 한 번 이기고 한 번 진다. 상대도 모르고 나도 모르면 항상 위태롭다.

이처럼 본인을 돌아보지 못한 싸움은 화를 부르게 마련

이다.

수는 차분하게 응수했다.

탁!

"이러면 버티질 못할 텐데?"

예기치 못한 묘수가 아니다.

그렇다고 판세를 바꿀 만한 절대적인 맥은 더더욱 아니다.

누구나 생각해 봄직한 저항의 수다.

흑의 약점을 물어뜯는 것도 아니고, 그저 약한 부분을 툭 건드는 정도랄까.

탁!

장고를 거듭하던 흑이 응수했다.

기세에 밀리지 않고서 오히려 더 강하게 반발을 하고 나섰다.

"어쩌려고 이러지?"

수는 너무 짙은 공격 일변도에 의아하해며 그에 맞대응을 했다.

그저 순리대로.

흐름을 따라서.

그렇게 응수를 했을 뿐인데, 점차 흑은 수습을 못하고 자멸의 길을 걷게 되었다.

띠리링!

(푸른여름 5단 님이 기권하셨습니다. 백이 불계승했습니다.)

"내가 이겼다고?"

수는 얼떨떨했다.

의도치도 않게 대국을 승리했기 때문이다.

"우, 운이 좋았나? 이전에 상대했던 7단 춤추는 나무나 8단 거기누구랑 비교하면 기력 차이가 너무 압도적으로 벌어지는데?"

지금까지도 수는 모르고 있었다.

그 둘은 연구생 1조에 속한 최강자임을.

인터넷 바둑은 그저 기분 전환 삼아 소소하게 즐길 뿐, 이미 프로의 문턱에 다다른 두 사람에게 아마추어 단수란 상징적인 의미일 뿐 아무런 관련이 없다.

그날, 수는 연달아 세 판을 모두 승리했다.

그것도 매우 손쉽게.

3

"빚이라고?"

문채원은 비서를 쳐다보며 그리 반문했다.

"네, 가족이 전부 빚을 갚기 위해서 매달려 있는 걸로 파악됐습니다.

"수고했어, 나가봐."

비서의 보고에 문채원은 생각에 잠겼다.

갑자기 가정방문 바둑교사가 되었다기에 의아했었는데 그럴 만한 사정이 있었을 줄이야.

"돈만큼 사람을 허덕이게 하는 건 없지."

청담동 일대를 쥐고 있는 그녀가 이러 말을 한다면 사람들이 비웃을지도 모른다.

문채원에게 돈이란 차고 넘치게 많으니까.

하지만 그건 모르는 소리다.

돈이라면…… 지긋지긋하다 못해 너덜너덜해질 만큼 그녀에게 상처를 준 장본인이다.

"이거 신경이 쓰이네."

이건 그녀가 나설 일이 못 된다.

수는 힘든 상황에서 꿋꿋하게 자신의 살길을 도모하며 앞으로 나아가고 있다.

그냥 두면 된다.

그런데 자꾸만 마음이 간다.

"그때 진 빚을 갚지 못해서 그래."

문채원은 그날 엘리베이터에서 있었던 일을 떠올렸다.

정전이 되고 폐소공포증이 찾아오자 수는 갖은 방법으로 그녀를 구해주고자 애를 썼다.

물론 그 방법이 꼭 옳다곤 말을 할 수는 없었지만 그가 할 수 있는 최선의 방법으로 돕고자 했다는 마음이 고마웠다.

그래서 그 고마움에 대한 답례를 하려고 했다.

받은 만큼 주는 것.

어려서부터 그랬으며, 그래야만 후련해지는 문채원이다.

그랬는데, 빚을 갚으려는 문채원을 수가 거부했다.

거기서 잘못된 것이다.

제때 갚지 못한 것에 대한 마음의 빚이 그만 마음에 남아버린 것이다.

문채원은 다시 비서를 호출했다.

"오늘 갤러리 모임이 언제라고 했죠?"

─1시입니다.

"알겠어요. 지금 출발하죠."

계속 마음에 남아서 걸리적거리면 자기 방식대로 빚을 갚아버리는 게 낫다고 생각하는 문채원이다.

그런데.

정말 그게 다일까?

문채원은 곧 최고급 외제차를 타고 갤러리에 도착했다.

그러자 온갖 명품으로 치장한 중년 여성들이 그런 문채원을 보고 아는 척했다.

"어머, 문 대표님. 오랜만이에요."

"그간 잘 지내셨어요? 피부가 더 좋아지셨네."

"고마워요."

문채원은 건성으로 대꾸를 하고 말았다.

저 웃고 있는 낯짝 너머로 이기심과 시기가 넘쳐난다는 걸 잘 알고 있어서다.

"오늘도 명품으로 쫙 빼입고 오셨네요? 특히 그 가방 눈에 띄네요."

"아, 이거요? 그이가 선물해 준 거라서."

이 모임의 회원들은 대부분 강남에 거주하고 있다.

생활에 여유가 넘치는 상류층이다 보니, 서민들은 쳐다도 못 볼 고가의 명품들로 전신을 치장하고 다니는 게 일반적이다.

"이 여사님이랑 잘 어울리네요."

"호호. 정말요?"

"나이 대에 딱 맞는 디자인이네요."

"……."

문채원이 나이를 언급하자 한참 기분이 좋던 중년 여자의 표정이 일그러졌다.

분명 칭찬인 줄 알았는데, 노티 난다는 말을 돌려서 저런 식으로 했다는 걸 눈치챈 것이다.

"뭐, 제 나이가 대표님보다 많으니까요."

'어린 게 말하는 본새하곤.'

화는 나지만 중년 여자는 한번 꾹 참았다.

왜냐고?

성질 같아선 확 뒤집고 싶었지만, 이 바닥에서 자산은 곧 힘이고 우열 관계이기 때문이다.

"아아, 저보다 나이가 많으셨지. 그러면 나이 많으신 만큼 남편 관리 좀 잘하세요."

"네? 그, 그게 무슨……."

"댁 남편이 우리 샵에 와서 직원을 희롱했더라고요. 모르는 척 넘어가려고 했는데, 상습적인 거 같아서 사모님이 좀 아셔야 할 필요성이 있을 것 같더라고요."

"이! 이이가!"

얼굴이 빨갛게 달아오른 중년 여성을 두고 문채원은 도도하게 갤러리를 걸어 올라갔다.

'가증스러운 여자들.'

계단을 따라 이 층으로 올라가는 문채원의 뒤를 강남 사모님들이 일렬로 따랐다.

일류 요리사를 초빙하여 최고급 오찬이 갤러리 내에서 화려하게 진행됐다.

아줌마 특유의 웃음소리가 끊이지 않던 식사자리가 무르익을 무렵, 문채원이 조용하게 포크를 내려놓으면서 입을 열었다.

"요새 바둑이 열풍이라면서요? 우리 혜련이 한번 가르쳐 보려고요."

마치 내 얘기를 하듯이 말을 꺼내는 문채원.

그러나 여기 모인 강남 사모님들은 그 말을 절대 흘려듣지 않았다.

왜냐고?

청담동 일대에 입점된 성형외과나 샵 등 남편의 사업처가 대다수 문채원의 건물에 임대되어 들어가 있기 때문이다.

다른 말로 말하면 문채원의 한마디에 그들의 남편이 건물에서 쫓겨날 수도 있단 뜻이다.

"정말요? 바둑이 그렇게 좋대요?"

"우리 애도 한번 가르쳐 볼까요. 너무 골프에만 빠져 있어서 걱정이었는데."

"바둑을 배우려면 학원을 보내야 하나요?"

강남 사모님들은 열성적으로 호응을 했다.

그도 그럴 것이 바둑을 핑계 삼아서 문채원의 딸인 공혜련과 자식들이 끈끈한 연을 이어가게 만들고 싶은 욕심 때문이다.

문채원은 남 얘기를 하듯이 말을 이었다.

"괜찮은 가정방문 교사가 있더라고요. 그래서 초빙하려고요."

"정말로요? 그게 누구죠?"

"저희 애도 배울까 하는데. 대표님, 그 교사 누군지 살짝 귀띔해 주실 수 있을까요?"

아니다 다를까, 마치 기회라도 문 듯 달려들며 관심을 표하는 강남 사모님들을 보며 문채원이 옅은 미소를 머금었다.

"있죠, 잘 아는 교사가. 소개시켜 드릴까요?

4

"대박! 이거 봐봐!"

연구생실 공용 컴퓨터에 접속한 정현우는 흥분을 가라앉히지 못하고 김대희를 불렀다.

"왜? 뭔데?"

"내가 느낌이 싸해서, 진성화재배 온라인 예선 명단을 뒤져 봤거든? 누가 있는지 아냐?"

"누가 있는데?

도통 감을 잡지 못하고 반문을 하는 김대희의 귀를 잡아당

긴 정현우가 다른 연구생들이 듣지 못하게 낮게 말했다.

"흰여울이 있었어."

"뭐, 진짜!?"

너무도 깜짝 놀란 김대희가 큰 소리로 반문했다.

그러자 대국을 두거나 홀로 기보를 복기하던 연구생들의 시선이 일제히 쏠렸다.

"쉿! 조용히 안 해?"

"미, 미안. 너무 놀라서."

정현우의 핀잔에 김대희는 얼른 사과를 하면서 모니터로 시선을 돌렸다.

"봐봐, 이거 맞지?"

"정말이잖아? 벌써 4연승. 앞으로 2승만 더하면 오프라인 예선에 진출이……."

"그래, 우리랑 붙는 거지."

정현우가 호기 넘치게 주먹을 불끈 쥐며 말했다.

진성화재배는 아마추어가 참여 가능한 온라인 선발전을 기점으로 상위 25명이 오프라인 예선에 진출하게 된다.

오프라인 예선에는 한국기원 연구생 소속 상위 랭커 41명과 아마추어 상위 랭커 30명도 참가하게 되는데, 이들 중 단 12명만이 프로 바둑기사가 참가하는 통합 예선에 진출할 기회를 부여받게 된다.

통합 예선을 치르고 나면 시드를 부여받은 세계 각국의 고수들이 한자리에 모이게 된다.

그들이 5일간의 조별리그를 거쳐 그중에 살아남은 32명만이 본선 무대에 진출.

더블 엘리미네이션 시스템으로 토너먼트를 벌여 치열한 우승 다툼을 벌이게 된다.

여기서 더블 엘리미네이션 시스템이란 토너먼트와 리그의 장점을 살린 방식으로, 첫 번째 게임에 지더라도 패자조로 이동하여 승리를 취할 경우 우승이 가능한 시스템이다.

"흰여울하고 공식전에서 붙는단 거지?"

"어, 심장이 막 뛰지 않냐?"

연구생 상위 랭커인 김대희와 정현우는 일찌감치 진성화재배 오프라인 예선 참가 자격을 부여받고 실전 감각을 다지는 중이다.

강혁 사범은 흰여울의 존재를 의식하며 죽기 살기로 세 배 더 노력하라고 그들을 다그쳤지만 아직 어린 두 소년에게 있어서 그런 말은 들리지 않았다.

이미 한 번 있었던 패배를 설욕하고자 하는 마음이 더욱 강했다.

"이번에는 꼭 꺾고 말겠어."

"나서지 마. 내 선에서 정리할 거니까."

"네가? 떨어지지나 마라."

"홍! 너야말로."

흰여울의 존재는 어린 연구생들에게도 크나큰 자극이 되고 있었다.

Chapter 11

1

　"네? 청담에 사시는 이 여사님이시라고요. 내일 바로 찾아
뵙겠습니다. 들어가세요."

　통화를 끊기가 무섭게 다시 모르는 번호가 뜨며 전화가 들
어왔다.

　"여보세요. 네, 제가 이수인데요. 아, 가정방문 교육이요?
성함이랑 주소가 어떻게 되는지…… 제가 찾아뵙고 설명 드
릴게요. 네, 알겠습니다. 연락드리고 댁으로 방문하겠습니
다."

　친절한 설명으로 방문 일정을 정하고 나서야 수는 숨을 돌

렸다.

"가, 갑자기 무슨 일이지? 강남 일대에서만 벌써 여섯 분째야. 도대체 어떻게 알고 바둑을 배우겠다고 연락을 준 건지 알 수가 없네."

수는 도통 상황을 알 길이 없었다.

이제까지 별다른 홍보를 하지 않아서 수가 가정방문 바둑교육을 한다는 사실은 극소수의 사람만이 알고 있는 터였다.

그런데 어떻게들 알았는지 먼저 전화 연락을 해서 가입 의사를 내비치니 의아한 한편으로 그저 고마울 따름이었다.

"다행이야. 안 그래도 수입이 적어서 그만둬야 하나 고민이 컸는데."

아직 회원 유치를 하지 못한 까닭에 적은 수입으로 차비조차 남지 않는 처지였다.

오늘 통화를 한 이들만 등록을 해준다면 한시름 놓을 것 같았다.

"그보다 내일모레면 본선 대국이네."

수는 아직도 얼떨떨함을 지우지 못했다.

나흘에 걸친 온라인 예선을 거치며 단 한 판도 지지를 않았다.

7전 전승.

그것도 전부 6단 이상인 화이트잼 고수들과의 대결에서 이

룩한 성과였다.

"나도 놀랄 만큼 심심한 대국들이었어."

대진운이 좋았던 걸까?

강자라고 생각했던 자들과의 대결이었다.

특히 마지막에 붙은 상대는 화이트잼 공식 9단의 기력을 보유하고 있었다.

수는 쉽지 않은 승부가 될 거라고 예상했다.

지더라도 여기까지 온 것만으로도 대단한 거라며 스스로를 위안하며 대국을 시작했다.

그런데.

판도는 의외로 쉽게 결정이 나버렸다.

변칙 수를 이용하여 수를 공략하려던 그는 오히려 수의 정수에 맥을 추지 못하고 150수만에 불계패를 선언한 것이다.

수는 도통 납득이 가지 않았다.

이전에 대국을 했던 같은 기력인 9단 강 사범을 떠올리면 같은 아마추어 9단이라고는 볼 수 없을 만큼 확연히 기력 차이가 벌어진 까닭이다.

"어쨌든 올라갔으니까 된 거긴 한데…… 대국장에 직접 가야 하는 게 좀 걸리네."

본선은 내일모레부터 한국기원에서 있을 예정이라고 했다.

그러자면 아무래도 수가 얼굴을 보일 수밖에 없는 형국이
된다.

그러지 않길 바랐지만, 십중팔구는 수를 알아보는 사람이
나올 것이다.

그리되면 원치 않더라도 누군가의 입에 오르락내리락할
수밖에 없다.

최악의 경우에는 기사로도 나갈 수 있었다.

"하아. 모자를 푹 눌러쓰고 가야지. 다른 수가 없네."

그거 말곤 뾰족한 답이 없다.

사람들의 주목을 받는 게 싫다고 언제까지나 숨죽이고 살
수도 없는 노릇이니까.

수는 부딪치리라 마음먹고 몸을 일으켰다.

오늘 내일은 회원 가입 의사를 표한 사모님들을 만나서 모
든 상담을 마무리 지을 참이다.

2

"아, 안녕하세요. 임 선생 바둑교실에서 나온 이수라고 합
니다."

"어서 와요."

수는 정신을 차릴 수가 없었다.

주소지가 강남으로 되어 있을 땐 그러려니 했는데, 막상 방문한 사모님 댁은 감탄이 절로 나왔다.

드라마에서나 볼 법한 30층 로열 팰리스에 거주하고 있었는데 거실은 한강의 조망 뷰어까지 갖추고 있었다.

"설명해 보세요."

"아, 네. 제가 주에 한 번씩 방문을 하여……."

수가 바둑의 장점과 더불어서 시간을 조율하여 학생에 맞춰서 스케줄을 짤 수 있단 장점도 피력했다.

"좋아요. 하죠."

"네? 제 말 아직……."

"더 들을 필요 없을 거 같네요. 애한테도 몹시 유용할 거 같아요."

"……."

뭐, 이런 경우가 다 있나 싶은 수다.

'여유가 있어서 그런가? 한번 해보고 아니면 말려고 이러는 걸지도.'

의심이 들긴 했지만, 어쨌든 신입 회원을 유치한 격인만큼 수로서는 나쁠 이유가 없었다.

수가 다음 집을 방문했다.

첫 번째 방문했던 집에서 걸어서 10분 내외에 위치한 주택가다.

"오늘 방문할 곳 중 네 곳이 다 이 근처네?"

주소를 확인하며 주택가에 막 들어섰을 때다.

수는 널찍한 골목을 기점으로 좌우에 포진된 이 층 저택에 입을 떡 벌리고 말았다.

으리으리하다 못해 정원을 갖추고, 외제차까지 즐비하게 늘어선 이곳은 척 보기에도 돈 꽤나 있는 집 사람들이 몰려 사는 동네 같았다.

"이, 일단 가보자."

사태 파악이 도저히 안 되는 수는 일단 부딪쳐 보기로 했다.

"어서 와요."

"사모님?"

"아니요, 전 가정부예요. 들어오세요."

수는 어안이 벙벙한 얼굴로 대문을 넘고는, 정원을 지나쳐 거실로 들어섰다.

수는 드라마나 영화에서 볼 법한 크기의 거실 소파에 앉았다.

거실에는 괴기한 화폭이나 각종 예술품이 진열되어 있었는데 미술관에 온 기분이 들 정도였다.

"커피 드시죠?"

"네, 감사합니다."

수는 힐끗 가정부 아주머니를 보았다.

가정부라기엔 너무 단아한 옷차림에 고생도 하지 않은 듯 피부도 탱탱했다.

어찌나 어려 보이는지 서른 후반이라고 해도 믿길 정도였다.

"사모님이 오늘 급하게 미팅이 잡히셨다고, 못 오실 거 같다고 전해달랬어요."

"아, 네……."

수의 만면에 아쉬움이 지나쳐 갔다.

그런 낌새를 눈치챈 가정부가 얼른 말을 붙였다.

"사모님께선 회원 등록을 하라고 하셨어요."

"네? 얘기도 안 들어보시고요?"

"굳이 듣지 않으셔도 된다고."

"……."

"단, 방문 일정은 차후에 사모님께서 따로 통보를 하신다고요. 회비는 낼 테니, 방문은 저희가 내키는 날에만 오시는 걸로 전해달라고 하셨습니다."

"하, 하지만 제 스케줄도……."

"그런 부분에선 차후에 따로 조율을 하시면 되실 거예요. 아마 무리한 요구는 없으실 겁니다."

"……."

수는 말을 잃고 말았다.

돈이 있는 집이라서 다른 건가?

회비를 냈으면 악착같이 횟수를 채워서 교육을 받고 싶어 하는 게 보통 엄마의 마음이다.

그러나 이 집 사모님은 그럴 뜻이 전혀 없어 보였다.

'마치 의무적으로 등록을 하는 기분이 들어.'

느낌은 그랬으나, 수는 고개를 저으며 그런 생각을 지워 버렸다.

굳이 그래야 할 이유가 없는 까닭이다.

"네, 알겠습니다. 그럼 연락 기다리겠습니다."

수는 나오기가 무섭게 도보로 3분 거리에 위치한 다음 집을 방문했다.

저택의 크기는 전 집과 크게 다르지 않았는데, 차이점이 있다면 가정부가 아니라 고아한 원피스 차림의 사모님이 직접 맞이해 줬다는 것에 있다.

"어서 와요, 이쪽에 앉아요."

"네."

가벼운 인사를 끝내고 소파에 마주 앉자 수는 방문가정 바둑교실에 대한 장점에 대해서 피력했다.

이제는 하도 떠들어대서 입에 붙은지라 아주 여유롭고 능숙하게 설명이 가능했다.

"다 좋네요. 가입하죠."

"절대 후회하시지 않을 겁니다. 차후 자녀분의 사고력 발달에도 크게……."

"저기요."

"네?"

"혜련이랑도 친해요?"

"혜, 혜련이요?"

"문 대표님 딸이요. 그 애는 뭘 좋아하는지 알아요? 그 집에 자주 갔으니, 걸려 있는 그림이나 예술품에 대해 혹시 기억나는 거 없나요?"

"……."

계속 되는 질문에 수는 입을 다물었다.

문 대표.

혜련.

그의 기억에도 저장이 되어 있는 이름들이다.

지금 사모님이 말하는 그들과 수가 알고 있는 그들이 공통 인물인지 확인해야겠다.

"문 대표님이 문채원 대표님을 말씀하시는 건가요?"

"그럼 누굴 말하는 거겠어요?"

'설마 문 대표님이? 하지만 내가 이 일을 하는 걸 어떻게 아시고?'

의문이 자꾸 들었지만 지금 이 상황에서 수가 확인할 방법은 요원하다.

가장 확실한 건 당사자인 문채원에게 묻는 편이 빠르단 결론이 섰다.

"저 죄송한데, 차후에 제가 방문하도록 하겠습니다."

"뭐라고요?"

"사정이 생겼습니다. 죄송합니다."

수는 허리를 꺾으며 사죄를 하곤 얼른 몸을 돌려서 저택을 나섰다.

거리로 나온 수가 휴대전화 전화부를 뒤져서 한비아 사장에게 전화를 걸었다.

—여보세요.

"누님, 저 이수예요."

—알아. 넌 어쩌면 애가 그러니? 슈퍼스타Z 나오고 나서 연락이 한 번도 없어.

"죄송해요, 그럴 만한 사정이 있어서. 다름이 아니라 문 대표님 전화번호 아시죠?"

—문 대표님? 모르는데.

전화번호를 모른다는 말에 수의 낯빛에 실망감이 스쳐지나갔다.

'아! 그러고 보니 혜련이 번호는 저장되어 있을 건데?'

뭔가를 떠올린 수가 얼른 전화를 끊고자 했다.

"그래요? 알겠어요. 담에 시간 내서 찾아갈게요.

—아! 비서 번호라면 알긴 아는…….

수는 그 뒷말을 듣지 않고 통화를 끊어버렸다.

그만큼 마음이 급했다.

차근차근 전화번호부 목록을 뒤지자 공혜련이라는 이름으로 저장이 되어 있었다.

전화를 걸까 하다가 수가 멈칫했다.

"학교에서 수업받고 있을 테니까, 문자로 날려보자."

행여나 수업에 방해가 되지 않을까 염려가 돼서 문자메시지를 보냈다.

혜련아, 수 오빤데 혹시 어머니 번호 좀 알려줄 수 있겠니?

문자 발송 버튼을 누른 지 채 일 분도 되지 않아서 답장이 왔다.

오빠, 오랜만! 완전 방가! 근데 엄마 번호는 왜요?

수가 답장을 보냈다.

급하게 물어볼게 있어서.

공혜련은 별다른 의심 없이 문채원의 전화번호를 알려주
었다.

그 번호를 받은 수는 망설임 없이 문채원에게 전화를 걸었
다.

띠이! 띠이이!

신호 대기음이 길게 갔다.

안 받는 건가?

포기하고 차후에 다시 걸려는데 수화기 너머에서 문채원
의 목소리가 들렸다.

—네.

"문 대표님?"

—누구시죠? 전화를 하셨으면 먼저 누군지 밝히는 게 예의
같은데.

여전히 까랑까랑하고 차가운 목소리다. 모르는 사람이라
면 이런 얼음 같은 여자가 있을까 싶을 정도로 어조도 느껴지
지 않는다.

"저 이수입니다."

수의 소개에 잠시 말이 없다.

이윽고 문채원의 목소리가 들려왔다.

―갑작스런 나머지 좀 당황스럽네요.

"대표님, 오늘 볼 수 있을까요? 잠깐이면 되는데."

―오늘이요?

문채원은 또 대답이 없다.

짐작 가기론 비서에게 오늘 스케줄에 대해서 이야기를 나눈 듯하다.

―저녁 열시쯤 밤과 별 괜찮나요?

"네."

―이따 보죠.

전화를 끊은 수의 표정은 딱딱하게 굳어 있었다.

3

"온다더니 너 진짜 왔구나!"

오랜만에 찾은 라이브 바 밤과 별은 그대로였다.

"살아 있었네요, 누님?"

"그럼 죽냐?"

한비아 사장과 정겨운 인사말을 주고받자 여기서 노래하던 때가 떠올랐다.

'그땐 참 노래를 부르는 것만으로도 행복했는데.'

불과 몇 달밖에 지나지 않았는데, 돌이켜 보면 아주 오래된 과거 같다.

"근데 어쩐 일이야? 내가 보고 싶어서 온 건 아닐 테고."

"보고 싶어서 온 건데요?"

"정말?"

"설마 그러겠어요?"

"이게 누나를 놀려!"

한비아 사장이 수의 코를 잡고 세게 비틀었다.

수는 이런 장난이 싫지 않았다.

남동생 준하고만 큰지라 누나나 여동생이 있으면 좋겠다는 생각을 늘 해왔던 터다.

한비아 사장은 그런 수에게 정말 친누나 같이 느껴지는 존재였다.

"말해봐, 왜 왔어?"

"실은 문 대표님 보기로 했어요."

문채원을 언급하자 한비아 사장이 의심의 눈초리를 보냈다.

"둘이 어떻게 알고 따로 만나?"

"그럴 만한 일이 좀 생겨서."

"일은 무슨…… 너 작업 치냐?"

"풉!"

막 냉수를 들이켜던 수가 입을 닦으며 소리쳤다.

"누님!"

"왜? 너 전부터 문 대표님 보는 눈빛이 심상치 않다만. 하긴, 돈 많지, 예쁘지. 돌싱이 걸리긴 한데, 요새 같은 때에 돌싱은 흠도 아니지 않나?"

"그런 거 아니에요."

"아니긴, 뭐가 아니라고…… 어? 대표님 오셨다."

한비아 사장은 싹싹한 미소를 지으며 뛰어나가서 문채원을 맞이했다.

수는 멀찌감치서 눈이 마주치자 고개를 갸웃거릴 뿐, 자리를 지키고 앉아 있었다.

"또 보네요."

문채원은 자연스럽게 아무 일도 없다는 듯이 인사를 건네왔다.

"그러게요."

수의 답변이 어딘지 모르게 냉담하다.

동시에 한비아 사장에 자리를 피해달라는 듯 눈치를 줬다.

오랜 장사로 눈치가 빠삭한 그녀는 분위기가 심상치 않음을 느꼈는지 자리를 피했다.

"할 말이란 게 뭐죠?"

문채원은 수의 심사가 단단히 뒤틀렸다는 걸 알고 바로 본론을 물었다.

"대표님이 절 소개시켜 줬나요?"

"소개?"

"모르는 척하지 마세요. 대표님과 일면식이 있는 사모님들 자녀들이 저에게 바둑을 배우려고 한 거, 관련이 있는 거 다 아니까."

"맞아요."

문채원은 소파에 느긋하게 등을 기대더니, 다리를 꼬고 앉았다.

"내가 추천했어요. 근데 그게 뭐 잘못된 건가요?"

"왜 그랬어요."

수가 목소리를 깔고 따지듯이 물었다.

문채원이 앞으로 내려온 긴 생머리를 이마 뒤로 넘기면서 대꾸했다.

"꼭 이유가 있어야 하나요? 마침 바둑에 대해 알았고, 수 씨가 가르친단 얘길 우연히 들었어요. 그게 단데, 그렇게 잘못한 건가요?"

"……."

수는 테이블 아래로 주먹을 꽉 말아 쥐었다.

입술을 피가 나올 정도로 지끈 깨물고는 또박또박 말했다.

"그 사모님들 자녀 바둑 교육에 관심 없었어요. 죄다 문 대

표님 취향이나 혜련이의 취미, 좋아하는 것을 저를 통해 알아
내고 싶어 했어요."

"……."

"문 대표님이 왜 그랬는지도 알아요. 아마 전부터 말했던
그 빚 때문이겠죠?"

문채원 몇 번이나 자기 입을 통해서 말했다.

빚을 지고는 못 사는 성격이라고.

어떤 식으로든 자기가 빚을 졌다고 생각하면 갚아야만 마
음의 짐을 더는 성격이라고 밝혔다.

"부정은 못하겠네요."

"저요."

"……."

"문 대표님 앞에서 떳떳하고 싶었습니다. 나이도 어리고,
쥐뿔 가진 것도 없지만 최소한 동등하게 대표님 얼굴을 보고
싶었거든요."

수는 참담한 얼굴로 자신의 속에 있던 말을 꺼내놓았다.

어째서인지 그는 문채원에게만큼은 약한 모습을 보이고
싶지 않았다.

그래서 준의 빚을 갚기 위해 고민을 했을 때도, 문채원에게
만큼 손을 뻗지 않았다.

빚을 들먹이면 사채를 갚고도 남을 돈을 빌려줬겠지만, 그

녀에게만큼 그런 식으로 밀지는 게 싫었다.

그런데 다 틀렸다.

수는 그거보다 더 심한 비참함을 맛봤다.

"문 대표님은 저를 동정했습니다."

"말하는 건 자유지만 전 그럴 의도가……."

"최소한 대표님 앞에서는 부끄럽지 않으려고 했는데, 그 자존심을 뭉개 버렸어요."

계속되는 수의 말에 당당하던 문채원의 눈동자가 흔들렸다.

"난……."

"대표님이 소개해 주신 분들 회원 등록 전부 마다했습니다. 필요하다면 회사를 통해서 등록하란 의사도 전달했고요."

"……!"

수 역시 왜 자신이 이런 말을 하고 있는지 종잡을 수가 없었다.

좀 가슴을 열고 생각하면 호의로 받아들여도 충분한 상황이다.

툭 까놓고 수는 돈이 급하다.

사채의 이자뿐만 아니라, 원금까지 상환하려면 한 푼이라도 더 벌어야 하는 입장이다.

이렇게 배짱을 튕길 일이 아니다.

더 나아가서 문채원에게 화를 낼 상황은 더더욱이 아니다.

그런데도 다스려지지 않는다.

감정이 주체가 되지 않는다.

수가 말하는 동등한 입장.

그건 뭘 말하는 것일까?

당사자인 수 본인도 의식하지 못하는 그런 대등한 관계란……

자각하지 못한 그것은 어쩌면 남자와 여자를 뜻하고 있을지도 모른다.

"대표님이 누누이 갚고 싶다던 그 빚은 갚은 걸로 치죠."

수는 자기 할 말만 끝낸 채 자리를 박차고 일어났다.

적잖이 동요를 보이던 문채원이지만 이성적으로 대처하고자 그를 불러 세웠다.

"이기적인 거 사과할게. 그런데 말이야, 내 얘기도 들어봐야 하지 않을까?"

차분한 말투와 달리 어딘가 모르게 문채원의 눈동자는 흔들리고 있었다.

수는 들을 필요도 없다는 듯 그대로 몸을 돌려 버렸다.

"그간 감사했습니다. 다신 보지 말죠."

"이수 씨!"

등 뒤에서 문채원의 목소리가 들렸지만 수는 돌아보지 않
았다.

저벅! 저벅!

그저 앞만 보고 라이브 바를 나와 버렸다.

Chapter 12

한국기원.

서울 왕십리에 위치한 한국기원 회관은 한국바둑의 총본
산이라고 할 수 있다.

한국 바둑의 보급과 발전을 위해 설립된 이 단체는 각종 바
둑 관련 잡지를 발간할 뿐만 아니라 입단 대회 주관 등 여러
바둑 행사에도 관여를 하고 있다.

오늘처럼 진성화재배 오프라인 예선이 진행되는 날에는
회관에서 예선전을 치르도록 도움을 주기도 했다.

"……꽤 많네."

시간에 맞춰 모자를 꾹 눌러쓰고 한국기원을 찾은 수의 몰골은 핼쑥했다.

문채원과 있던 일 이후로, 밤새 잠을 잘 못 잔 탓이 컸다.

컨디션은 그리 좋지 않았지만, 이미 오프라인 예선까지 진출한 이상 거를 뜻은 없었다.

수는 입구에서 신원을 확인 중인 여직원에게 다가가서 말을 걸었다.

"화이트잼 아이디 흰여울을 쓰는데요."

"네, 흰여울 씨."

수의 아이디를 큰 소리로 곱씹자, 삼삼오오 웅성거리던 바둑인들의 시선이 일제히 수에게 집중됐다.

'뭐야, 저 눈빛들은?'

꽤나 부담스럽게 자신을 바라보는 눈길에 수는 얼른 모자를 눌러썼다.

"여기 있네요. 주민등록증 가져오셨죠?"

"네."

수는 지갑에서 주민등록증을 꺼내서 보여줬다.

"본명이 이수. 다 끝났습니다. 건승하시길 빌겠습니다."

"수고하세요."

신원 확인을 끝낸 수는 표찰을 받아 들고 정해진 바둑판 앞자리에 가서 앉았다.

저마다 대국을 앞두고 긴장을 풀기 위해 노력하는 모습들이 보였다.

'예선은 나흘에 걸쳐서 진행된다던데…… 하루라도 버틸 수 있으려나?'

솔직히 말하면 온라인 예선을 통과한 것도 요행쯤으로 생각했다.

이것도 경험이라면 좋은 경험이니까, 최선을 다한 대국을 두고 떨어지고 싶은 심정이다.

"흰여울?"

앳된 목소리가 수의 아이디를 읽었다.

수가 반사적으로 고개를 들자 이제 막 중학생이 될 법한 소년 둘이 큰 눈을 깜빡이면서 쳐다보고 있었다.

"누구니?"

"흰여울 맞아요?"

"어. 맞긴 맞는데. 누구?"

수가 인정하자, 두 소년은 서로를 보더니만 반갑게 자기들을 소개했다.

"저 춤추는 나무예요. 기억나세요?"

"와, 형 되게 나이 많은 아저씨인 줄 알았는데 의외로 젊네요? 난 거기누구! 기억나시죠?"

"어? 어!"

수는 속사포처럼 쏟아지는 자기소개에 정신이 없었지만, 그래도 경황은 있는지라 그들이 누구인지 금방 상기해 냈다.

"두 사람 다 화이트잼에서 나랑 대국을 했던……."

"굿! 역시 기억하시네."

"하긴 저희가 좀 잘 둬야죠. 히히!"

수가 어리둥절한 표정으로 물었다.

"네들이 여길 어떻게?"

"저희 연구생이에요. 그것도 1조에 속한. 히히!"

"연구생?"

수는 해맑게 자기들을 소개하는 김대희와 정현우를 넋을 놓고 보았다.

한때 그도 연구생이 목표였던 적이 있었기에, 그들의 기력이 프로의 문턱에 다다랐다는 것도 잘 알고 있었다.

'1조라니? 적수가 없을 정도로 잘 둔단 얘기잖아.'

해맑은 두 소년의 말이 수는 얼떨떨했다.

쉽사리 믿기지도 않았다.

나이를 떠나서 연구생 1조에 속해 있을 만한 고수를 자신이 이겼다는 게 믿기지가 않았다.

"형, 근데 되게 낯이 익다. 어디서 본 적 있는 거 같아요."

"보, 보긴 어디서 봤다고 그래."

수는 얼렁뚱땅 둘러대고는 시선을 피했다.

무슨 일이 있어도 주목을 받는 일은 피하고 싶은 심정이었
다.

"네들 오랜만이다."

막 수다를 떨고 있는데, 제법 성숙한 느낌의 청년이 아는
척을 했다.

딱 그와 눈이 마주치자 정현우와 김대희의 얼굴에 싫은 기
색이 떠올랐다.

"인수 형?"

"그래, 형이다. 자식들, 그새 많이 컸다?"

갑자기 나타나 김대희와 정현우에게 아는 척을 한 것은 예
전 연구생 출신으로 지금은 아마추어 선수로 활동 중인 황인
수였다.

깔끔한 정장 차림에 멋진 손부채까지 쥔 황인수는 여유로
운 미소를 지으면서 친분이 있는 두 동생의 머리를 흐트러뜨
렸다.

"아, 하지 마!"

"네들 바둑은 좀 늘었냐?"

"어. 이제 형보다 잘 둬."

"그래?"

자신만만하게 웃어 보인 황인수는 어깨를 툭툭 두드리고

는 몸을 돌렸다.

"입만 살았는지, 정말 실력이 늘었는지는 차후에 둬보면 알겠지. 그때까지 떨어지지 마라."

미운 말만 골라서 하던 황인수가 몸을 돌려서 어딘가로 가 버렸다.

그러자 정현우가 눈을 흘겼다.

"아오, 저 밉상."

"나도 저 형 싫긴 한데, 솔직히 바둑은 잘 두잖아."

"흥! 잘 둔다는 사람이 연구생 나간 지가 언젠데 아직도 입 단을 못했냐?"

정곡을 딱 찌르면서 정현우가 떠들었다.

그도 그럴 것이 정현우와 김대희가 연구생에 막 들어왔을 때, 황인수는 1조에 속한 최강자였다.

나이가 차서 두 사람과 함께 생활을 한 건 일 년도 채 되지 않았지만, 남을 잘 무시하는 통에 평판이 좋지 않았다.

김대희는 주먹을 불끈 쥐어 보이며 수를 응원했다.

"형, 절대 저 인간한테 지면 안 돼. 알았지?"

"싸가진 없는데 저 형이 바둑은 세. 한국 아마추어랭커 탑3 안에 들거야."

"어? 어."

얼떨결에 응원군이 생긴 수는 고개를 끄덕이며 앞에 놓인 의자를 보았다. 오늘 수의 첫 번째 상대가 앉을 자리였다.

의자에 붙은 이름표를 확인한 수는 상대에 대해 알게 되었다.

'황인수, 한국 아마추어 랭킹 탑3에 드는 초강자.'

쉽지 않은 대국이 될 거란 생각이 들었다. 두 소년이 충고까지 해줄 정도면 더더욱 신중하게 맞서야겠다고 생각했다.

"어쨌든 형, 우리 이제 갈게. 이겨!"

"바이바이."

"그, 그래. 잘 가렴."

마치 오래 전부터 알고 지낸 것처럼 친근하게 인사를 하며 가버리는 두 소년을 보며 수는 어색하게 손을 흔들었다.

'나이 차이는 좀 나도, 바둑으로 알게 된 친구인 셈인가?'

어색한 이곳에서 저 두 사람 덕분에 그래도 현장 분위기 적응이 되었다.

겨우 바둑 한 판을 둔 게 인연의 전부인데, 이렇게 친근하게 대화를 나누고 있는 걸 생각하면 신기하기도 했다.

"흰여울 님?"

또 누군가 수의 아이디를 불렀다.

이번에도 반사적으로 수의 고개가 돌아갔다.

'여자잖아?'

수는 고개를 갸웃거렸다.

상대를 파악하기 이전에 수도 남자다. 아무래도 상대 여자의 외형에 처음 시선이 닿았으며 관심이 갈 수밖에 없었다.

숏커트의 여자는 수와 비슷한 또래로 보였다. 가벼운 티셔츠 차림에 청바지를 입고 있었는데, 골반이 예뻐 무척 잘 어울렸다.

꽤 발랄하고 활동적일 것 같은 중성적인 매력이 느껴지는 여자다.

"누구?"

"저예요, 면박당했던 김수진 기자."

김수진 기자는 이를 갈고 있었다는 듯이 일부러 예쁘게 웃었다.

마치 날 이렇게 만날 줄은 몰랐지, 라고 강요하고 있는 듯하다.

수는 단숨에 그녀가 누구인지를 떠올렸다.

'하필 이런 데서 만날 줄이야.'

그녀의 말대로 천대를 했던 게 중요한 게 아니다.

이 자리에서 기자를 만났다는 것, 그리고 혹여라도 그녀가 자신을 알아볼까 그 점이 우려스러웠다.

"그런 사람 모릅니다."

수가 고개를 돌려 모르는 척 일관했다.

지금으로써는 최대한 마주침을 피하는 것이 수가 할 수 있는 최선책이었다.

"설마요, 모르는 척하시는 거 아니고요?"

'지은 죄가 있으니까 찔리지?'

김수진 기사는 살살거리는 말투로 계속 염장을 질렀다.

"아뇨, 진짜 모릅니다. 죄송한데 시합 전에 말 거니까 정신이 사납네요. 가주세요."

"허!"

수가 단호하게 선을 그어버리자 김수진 기사는 당황한 기색을 보였다.

주객이 전도가 돼도 유분수지, 최소한 미안하다는 말은 할 줄 알았는데 이런 식으로 딱 끊으니 어이가 없을 따름이다.

"이! 이!"

김수진 기사는 이를 갈며 수를 노려보다가 휙 몸을 돌렸다.

당장은 예선전을 앞둔 수의 의사를 존중하는 게 우선이란 생각이 들어서다.

'아씨, 죄책감을 이용해서 인터뷰하려고 했더니만 망했네.'

김수진 기사는 의도적으로 수에게 접근했다.

전에 있던 일로 도의적으로 미안하게 만들어서 인터뷰를

따내고자 한 고난도 술책이었던 것이다.

근데 안 통했다.

수는 생각보다 이기적인 남자였다.

'망했어!'

2

"지금부터 오프라인 본선 1국을 진행하겠습니다. 제한시간은 각각 1시간이며, 초읽기는 3회 1분입니다. 덤은 다섯 집 반입니다. 대국을 시작해 주십시오."

운영진의 말이 끝나기가 무섭게 여기저기서 돌을 가르는 소리가 들렸다.

인터넷 바둑으로 대국을 두다가 오랜만에 진짜 바둑알의 감촉을 느끼자 수도 어색했다.

좌르르.

바둑판 위에 놓인 바둑통을 열어 황인수가 백돌을 한 움큼 꺼내 집어 바둑판 위에 올려두었다.

수는 흑돌 하나를 집어서 바둑판 위에 놓았다.

그러자 황인수가 한 움큼 집었던 백돌의 개수를 세기 시작했다.

14개.

짝수다.

그러면 홀을 맞추지 못한 수는 자연스럽게 백돌을 집게 되며, 혹은 황인수가 쥐게 되었다.

이것이 누가 흑돌과 백돌을 집을지 결정을 하는 돌 가르기다.

"잘 부탁드립니다."

바둑의 기본을 예의를 갖추고 본격적인 대국이 시작이 되었다.

탁!

왼쪽 소목.

황인수는 그곳에 돌을 두며 슬그머니 고개를 돌려서 수의 표정을 살폈다.

'오늘은 잠도 잘 잤고, 컨디션도 좋다. 더구나 상대는 온라인 예선을 갓 통과한 초짜.'

늘 자신만만하고 여유만만인 척 굴었지만 황인수는 벼랑 끝에 몰려있었다.

그만큼 입단의 벽이 높은 까닭이다.

나이가 차고 연구생을 나올 때까지만 해도 홀로 공부를 해도 얼마든지 입단에 성공할 수 있을 거라고 자부했다.

한데 쉽지 않았다.

벌써 4년이나 지나 스무 살이 되었지만 아직까지도 입단 대회를 통해 입단하기는 쉽지가 않았다.

입단 대회 자체가 워낙 운적인 요소가 강하게 작용하는 것도 이유였다.

'제길, 연구생 동기인 성진이는 벌써 세계를 노리고 있는데 난 이게 뭐냐고!'

그의 친구이자 라이벌로 인식을 했던 원성진 4단은 이미 세계를 노리고 주목하는 바둑기사가 되어 있었다. 한국 바둑계의 20년을 짊어지고 갈 인재라는 수식어도 심상치 않게 따라붙었다.

황인수는 어떻게든 프로에 입단하고 싶었다.

그러나 또 이어지는 실패.

결국 황인수는 다른 방법을 택하게 됐다.

바로!

입단 포인트 제도다.

일 년에 한 명 내지 두 명을 뽑는 입단 대회를 통해서가 아니라, 각종 기전에 참가해서 좋은 성적을 내면 부여받는 포인트를 누적하여 입단을 하는 방법이다.

올해는 포인트를 잘 얻었다.

국내 아마추어 대회에서 우승을 거머쥐며 포인트 10점을 획득했다.

그 기세를 몰아 세계 아마추어 대회에 나가 준우승을 했다.

그로 인해 획득한 포인트가 30점이다.

더구나 명인전 예선전도 아마추어임에도 당당하게 통과해 2차 예선에 진출했다.

거기서 얻은 포인트가 또 10점이다.

도합 50점을 얻은 것이다.

승단을 위해서는 100점의 포인트를 얻어야만 가능하다.

그런 면에서 볼 때 진성화재배는 포인트를 쌓기 더없이 좋은 구조를 지니고 있다.

만약 본선에 진출할 수만 있다면 단번에 포인트 50점을 획득하는 일도 꿈이 아니다.

그렇게 된다면 그토록 갈망하던 프로 입단이 현실로 다가오게 된다.

'더는 늦을 수 없어. 나보다 어린애들이 프로 입단하는 꼴을 더 볼 수 없다고.'

프로의 세계란 참 잔인하다.

황인수 나이의 앞자리가 2로 바뀌는 동안, 그보다 어린 후배 중 프로 바둑기사가 된 수가 벌써 네 명이 넘는다.

더는 뒤처지는 걸 원치 않는다.

그는 어떻게든 올해 안에 입단에 성공하고 싶었다.

그 키포인트는 바로 이 진성화재배에서 얻을 수 있는 포인트에서 갈릴 것이다.

탁.

수는 손끝에 전해지는 감각을 살려서 백돌을 바둑판 위에 두었다.

동시에 옆에 놓친 초시계를 손으로 꾹 눌렀다.

그러자 수가 할당받은 시계의 시침이 멈추고 황인수 쪽의 시침이 움직이기 시작을 했다.

이런 식으로 착수를 한 뒤 번갈아가며 초시계를 누르면 상대방이 고민하는 동안 시간이 소비되도록 고안되었다.

'기본에 충실한 바둑이야. 무리를 하지 않고, 철저하게 이길 수 있는 바둑을 두고 있어.'

30수 정도 진행이 되었을 때쯤 수가 느낀 상대의 기풍이다.

황인수는 철저한 실리 위주의 바둑을 둔다.

두터움을 양보하더라도 차곡차곡 집을 쌓아서 그걸 기반으로 상대의 초조함을 이끌어낸 뒤 승기를 잡아내는 방식이다.

이런 기풍은 포석에 강하다.

집을 짓는 도면이나 다름이 없는 포석 단계에서 확고한 실리를 취하는 데 주력하기 때문이다.

'강점이 있다면, 약점도 있는 법이야.'

수는 실리에서는 뒤졌지만, 중앙과 변 쪽으로 두터움을 얻었다.

다른 말로 세력이라고도 표현을 하는데, 이 세력은 차후 약해진 흑돌을 공격하여 이득을 취할 수 있는 용도로 활용된다.

'단단하지만 틈이 없는 건 아니야. 내 세력에 적을 유도하면 돼.'

수는 상대의 기풍을 역이용하고자 마음먹었다.

큰 세력을 구축하다 보면 분명히 집을 부수기 위하여 삭감이 들어올 것이다.

그때를 노려서 맞받아친다면 초반에 벌어진 실리는 충분히 메우고도 남을 자신이 있었다.

"어?"

대국에 깊게 몰입하던 수가 문득 깜짝 놀라고 말았다.

불쑥 그간 까맣게 잊고 지내던 의문들이 들기 시작했다.

'내 기력은 고작해야 기원 3급 수준밖에 되지 않아. 그랬던 내가 어떻게 원생하고 둬서도 지지 않을 실력을 지니게 된 거지?

초등학교 이후로 바둑돌을 손에 쥐어본 경험조차 손에 꼽는 수다.

따로 바둑TV를 찾아서 본 기억도 거의 전무하다.

그런데 오래간만에 바둑을 두었음에도 기력은 상상도 할 수 없을 만큼 일취월장을 했다.

지금도 연구생 출신이자 아마추어 탑3에 드는 랭커를 상대로도 물러섬이 없이 맞서고 있다.

오히려 덫을 치고 상대가 그걸 물기를 기다리는 노련함마저 엿보이고 있었다.

'그때도 그랬어. 음치에 박치였던 내가 어느 날 갑자기 음악적 재능에 눈을 떴어.'

따지고 보면 이상한 점이 한두 가지가 아니다.

어떻게 하루아침에 사람이 바뀔 수 있을까?

'지금도 마찬가지야. 난 이만한 바둑 실력을 지니고 있지 않았어.'

당장엔 대국에 집중을 해야 할 때다.

그러나 꼬리에 꼬리를 물고 늘어지는 의문은 좀처럼 멈출 생각을 않는다.

'혹시…… 어쩌면……'

번뜩 한 가지 생각이 수의 뇌리를 관통했다.

수가 이런 비상식적인 자질을 깨우칠 당시를 되짚어보면 하나의 공통분모가 존재했다.

'강진 아저씨랑 민수 아저씨!'

그래.

바로 김강진과 강민수의 죽음이다.

'두 분의 재능이 나한테?

말도 안 된다.

그런 일이 상식적으로 가능하다고 보나?

두 사람의 죽음으로 타고난 음악적 재능과 바둑 실력이 수에게 전이가 되었다?

지나가던 개가 웃을 소리다.

휙휙!

수는 고개를 강하게 저었다.

'잡생각하지 말자. 지금은 눈앞의 대국에 집중해야 할 때야.'

우연이다.

그런데 진짜 우연이 아니라면?

이제 수가 할 수 있는 최선은 그거밖에 남지 않았다.

과연 수의 바둑 실력이 어느 정도 수준에 이르렀는지, 프로 바둑기사의 문턱을 넘을 만한 실력이 강민수에서 온 게 맞는지.

확인을 할 방법은 하나다.

'이 바둑을 이김으로써 확인하는 거야.'

탁!

백돌이 고요하던 바둑판에 폭풍을 몰고 왔다.

3

"누가 왔기에 저까지 봐야 한다는 거예요?"

이제 갓 스물이 된 원성준 프로 4단은 계단을 오르면서 투덜거렸다.

당장 코앞으로 닥친 진성화재배 통합 예선을 준비할 시간도 빠듯한데 옛 연구생 시절 사범인 강혁 8단을 따라서 오프라인 예선전에 구경을 온 것이다.

"이놈아, 내가 언제 허튼소리 한 적이 있더냐? 너도 보면 후회 안 할 거다."

"근데 그게 누구냐고요."

투덜거리며 아이같이 구는 성격과 달리 원성준 프로 4단은 대한민국뿐 아니라 전 세계가 가장 주목하고 있는 천재 바둑인이다.

고작 십 대의 나이에 일본 세계기전에서 우승을 차지한 그는 조훈현, 이창호, 이세돌의 뒤를 있는 한국 최고의 기사가될 거란 기대를 한 몸에 받고 있었다.

그런 원성준이 연구생 시절 사제지간인 강혁의 연락을 받고 오프라인 예선장에 모습을 드러낸 것이다.

"장차 네 라이벌이 될지도 모르는 녀석이다."

"그러니까 그게 누군데요? 중국도 아니고 국내에서 짐작가는 애들이라고 해봐야 지석이? 아니면 상호? 그래 봤자, 걔들 저한테 안 된다니까 그러네."

"너도 참, 타이틀까지 있는 놈이 좀 겸손해질 수는 없는 거냐?"

"겸손요? 저한테 지금 겸손이라고 하셨습니까?"

"그래, 인마."

"저 잘 아시지 않습니까? 내 말에 책임을 지기 위해서라도 지기 싫어 하는 타입이란 거. 그게 제 발전의 원동력이라고요."

특이한 스타일이긴 했지만, 분명 그랬다.

원성진은 입단과 동시에 항상 어마어마한 포부를 내뱉었다.

올해 모든 기전의 본선에 진출할 거라는 말.

삼 년 안에 세계기전 중 하나의 타이틀을 획득할 거라는 말.

갓 입단한 신인의 포부라기엔 현실을 너무도 모른다며 혀를 찰 만큼 허황된 포부였다.

그런데 원성진은 그 꿈을 모두 이뤘다.

말만 앞선 게 아니라, 현실로 증명을 한 것이다.

첫 타이틀을 따낸 원성진은 이렇게 인터뷰를 했다.

"뱉어놓은 말이 있어서…… 쪽팔려서라도 안간힘을 써서 우승했죠."

특이한 자기 동기 부여를 하는 원성진은 과거엔 말이 앞선다는 평가를 받았었다.

하지만 이제 그의 말은 자신감이 되었다.

끼익!

예선장 안의 모든 이는 대국에 몰두하고 있었다.

원성진과 강혁이 왔음에도 누가 왔단 사실을 인지하지 못하고 있었다.

강혁은 배정표를 확인하고는 쭉 대국장 안을 둘러보다가 가리켰다.

"저기 두 번째 줄, 위에서 네 번째에 두고 있구나."

"누구냐, 장차 내 라이벌이 될 만한…… 뭐야? 혹시 황인수 말한 거예요?"

이미 안면이 있는 원성진이 그리 반문했다.

황인수와는 친구 관계이긴 했지만, 그의 바둑 실력과 재능을 볼 때 자기의 잠재적 라이벌이라고 보기엔 무리가 따랐다.

"아니, 그 앞에 앉아 있는 남자다."

"저 모자 쓴 애요?"

"그래."

원성진은 수를 응시했다.

첫인상은 참 특이하다.

그간 수많은 기전에 참가했지만 실내에서 저리 모자를 꾹 눌러쓰고 대국을 두는 참가자는 처음 본 듯싶었다.

"가까이 가서 보자구나."

강혁은 원성진을 대동하고 수의 뒤에 섰다.

가장 지척에서 바둑을 관전하기 좋은 자리다.

조금 늦게 도착한 까닭에 바둑은 이미 150수 가까이 진행되어 중반을 치닫고 있었다.

'이, 이건.'

형세를 쭉 살펴보던 원성진의 눈에 힘이 들어갔다.

한눈에 들어오는 건 백의 위압적인 공세.

거기에 쩔쩔매며 식은땀을 흘리고 있는 흑돌이다.

더구나 세계를 노리는 프로기사가 된 원성진의 눈에는 압도적인 백의 강함이 느껴졌다.

원성진은 놀라움을 뒤로하고 수를 보았다.

모자를 꾹 눌러쓴 까닭에 얼굴은 보이지 않는다.

그러나 대가에 버금가는 경지에 이른 수의 바둑 실력은 이 대국에 놓인 바둑알의 배열과 수순만으로도 알 수 있었다.

'누구냐, 너?'

이건 일개 아마추어의 바둑이 아니다.

프로바둑기사 중에서도 입신의 경지에 이른 수준의 기력이다.

『내일을 향해 쏴라』 5권에 계속…

날이 찹니다. 여름이 가고, 어느덧 가을에 접어들었단 사실
이 실감 나네요.

3권을 끝으로 슈퍼스타Z 이야기가 종료되며, 수의 이야기
도 새로운 국면에 접어들었습니다.

바둑.

프로바둑기사.

상당히 우리에게 생소한 분야이며, 비인기종목으로 분류
되는 스포츠입니다.

실은 쉽고 포괄적인 소재를 택할 수도 있었겠습니다만, 바

둑이란 소재를 택한 것은 흔치 않기에 더 많은 걸 보여줄 수도 있지 않을까 해서입니다.

물론, 제가 바둑을 배웠다는 사실도 중요한 요소로 작용하기도 했고요.

수의 인생에 다시 한 번 폭풍이 휘몰아치기 시작했습니다.

본문에도 언급을 했지만 서울대 합격보다도 어렵다는 프로바둑기사가 되는 길.

그 길을 걸어갈 수를 독자분들께서도 쭉 함께 지켜봐 주셨으면 합니다.

감사합니다.

『궁귀검심』, 『장강삼협』의 작가 조돈형
그가 그려내는 새로운 이야기!

무림삼비(武林三秘)

천외천(天外天), 산외산(山外山), 루외루(樓外樓).

일외출(一外出), 군림천하(君臨天下)!
이외출(二外出), 난세천하(亂世天下)!
삼외출(三外出), 혈풍천하(血風天下)!

가문의 숙원을 위해, 가문을 지키기 위해
진유검, 무림의 새로운 질서를 세우다!

현대백수 장편 소설

간웅

FUSION FANTASTIC STORY

뇌성벽력이 치는 어느 날!
고려 황제의 강인번을 들고 있던
어린 병사가 낙뢰를 맞고 쓰러졌다.

하지만… 다시 눈을 뜬 이는
현대 대한민국에서 쓸쓸히 죽은
드라마 작가 지망생.

고려 무신 시대의 격변기 속에서 눈을 뜬 회생[回生].
살아남기 위해! 죽지 않기 위해!
그의 행보로 인해 고려는 서서히
변하기 시작하는데…….

치세능신 난세간웅(治世能臣 亂世奸雄)!

격동의 무신 시대!
회생, 간웅의 길을 걷다!

Book Publishing CHUNGEORAM

유행이 아닌 자유추구 -
WWW.chungeoram.com

절정고수들이 하늘 높은 줄 모르고 질주하는 현 세상.
서른여덟 개의 세력이 서로를 견제하는 혼돈의 시대.

그 일촉즉발의 무림 속에
첫 발을 디딘 어린 소년.

"나는 네가 점창의 별이 되기를 원한다."

사부와의 약속을 지키고
난세로 빠져드는 천하를 구하기 위해
작은 손이 검을 들었다!

박선우 新무협 판타지 소설 FANTASTIC ORIENTAL HE

풍운사일

Book Publishing CHUNGEORAM

내일을 향해 쏴라

김형석 장편 소설

FUSION FANTASTIC STORY

1만 시간의 법칙!
'성공은 1만 시간의 노력이 만든다'는 뜻이다.

그러나…
사회복지학과 복학생 수.
전공 실습으로 나간 호스피스 병동에서
미지와 조우하다.

1만 시간의 법칙?
아니, 1분의 법칙!

전무후무한 능력이 수에게 강림하다!
맨주먹 하나로 시작한 수의
인생역전이 시작된다!

Book Publishing CHUNGEORAM

www.chungeoram.com

문용신 新무협 판타지 소설

FANTASTIC ORIENTAL HEROES

한량 아버지를 뒷바라지하며
호시탐탐 가출을 꿈꾸던 궁외수.

어린 시절 이어진 인연은
그를 세상 밖으로 이끄는데……

"내가 정혼녀 하나 못 지킬 것처럼 보여?"

글자조차 모르는 까막눈이지만,
하늘이 내린 재능과 악마의 심장은
전 무림이 그를 주목하게 한다.

"이 시간 이후 당신에겐 위협 따윈 없는 거요."

무림에 무서운 놈이 나타났다!